追われもの三　標的

金子成人

幻冬舎時代小説文庫

追われもの三

標的

ＤＴＰ　美創

目次

北
千住宿
千住大橋
日光御成街道
日光街道
中仙道
橋場
谷中
駒込
根岸
根津
左図
小石川
浅草寺
本郷
上野
浅草
大川橋
牛込
湯島
浅草御門
大川
亀戸天神
本所
筋違御門
竪川
神田
市ヶ谷御門
番町
内藤新宿
四谷
麹町
江戸城
四谷御門
日本橋
甲州街道
八丁堀
赤坂御門
京橋
霊岸島
深川
虎御門
木挽町
築地
高島藩諏訪家上屋敷
富岡八幡宮
新橋
飯沼藩青山家上屋敷
浜松町
増上寺
蝦夷屋(昆布問屋)
芝
東海道
江戸湾
泉岳寺
高輪
品川宿
地図制作・河合理佳

根津
卍寛永寺
●長屋(おかね)
三雲屋(水茶屋)●
卍
浅草寺
上野
不忍池
本郷
下谷
浅草
大川橋
●
治作店(丹次)
⛩湯島天神
大
川
湯島
神田明神
⛩
湯島聖堂
●桐生屋(小間物屋)
祥雲堂(人形)●
●小助店(亥之吉)
神田川
昌平橋
筋違橋
和泉橋
新シ橋
浅草橋
神田
●初音の馬場(梅吉)
卍回向院
馬喰町
●藤金(口入れ屋)
両国橋
竪川
小伝馬町
竜閑川
千鳥橋
●本石町時の鐘
●
三六屋(お七)
浜町堀
竜閑橋
住吉町
●
清むら
●
八兵衛店(お杉)
新大橋
永楽堂(旧武蔵屋)—●
江戸橋
北町奉行所●
日本橋
思案橋
日本橋川
海賊橋
小網町
●
鹿嶋屋(薬種問屋)
東海道
楓川
仙台堀
永代橋
霊岸島

第一話　闇の影

一

西の空が燃えているようだ。

本郷の台地の向こうに沈んだ夕日が、不忍池《しのばずのいけ》一帯の空を赤に染めていた。

不忍池の南の畔《ほとり》、池之端仲町を湯島へと向かっていた丹次《たんじ》が、思わず足を止めた。

真っ赤な空を、烏《からす》が数羽、鳴き声を響かせて上野東叡山《とうえいざん》の森へと飛んで行く。

長閑《のどか》な夕暮れ時だった。

口入れ屋『藤金《ふじきん》』から貰ったこの日の仕事の口は、荷車を曳《ひ》いての空の樽運びと炭運びだった。

神田佐柄木町《さえきちょう》の炭屋に戻って、この日の仕事は終わったのだが、

「丑松《うしまつ》さん、あんた、家は湯島の方だと言ってたね」

炭屋の主人に声を掛けられた丹次は、そうだと返答した。

「少し遠回りになってすまないが、下谷《したや》の伯母の家に届けてもらいたいものがあるんだよ」

炭屋の主人の頼みを聞いて用を済ませた丹次は、下谷二丁目から湯島切通《きりどおし》町の『治作店《じさくだな》』に足を向けていた。

赤く染まった池の面で遊ぶ水鳥の姿を眼にすると、小さくため息が洩《も》れた。

丹次は、長閑な光景にも浸りきれない、焦りのようなものを抱えている。

実家である乾物問屋『武蔵屋《むさしや》』を継いだのは、兄の佐市郎《さいちろう》だった。

その『武蔵屋』は、佐市郎の女房になったお滝《たき》と番頭の要三郎《ようざぶろう》にいいようにされた挙句、土地建物までも売り飛ばされたことを、丹次は流刑地《るけいち》の八丈島で知った。

文政四（一八二一）年の二月に八丈島を島抜けした丹次は、二ヶ月あまりで江戸に着き、丑松と名乗って日々を過ごしていた。

だが、佐市郎の行方は未だに知れない。

行方どころか、生死さえも分からないのだ。

兄を裏切り、『武蔵屋』を食い物にしたお滝と要三郎が、この空の下でのうのうと生きているかと思うと、歯がゆく、長閑な夕暮れさえ憎たらしい。

ふうと、もう一度息を吐くと、湯島の方に足を向けた。

夕焼けに染まった湯島切通町の『治作店』に、煮炊きの匂いが漂っていた。

どの家も、夕餉《ゆうげ》の支度は終えたようだ。

丹次は、井戸端に立って、下帯ひとつの体に釣瓶《つるべ》の水を掛けた。

炎天下の町を動き回って火照った体に、井戸水が心地よい。

もう一度釣瓶を落として汲み上げ、水をかぶった。

「お、丑松さん、気持ちよさそうですな」

住人の与助《よすけ》が、鋳掛《いかけ》の道具箱を下げて木戸を潜って来るなり大声を上げた。

「切通んとこで、春山《はるやま》さんとばったり出くわしまして」

与助の脇では、『がまの油』の幟《のぼり》を手にした春山武左衛門《ぶざえもん》が笑みを浮かべていた。

「その顔は、『がまの油』がよく売れたようですね」

丹次がそう言うと、

「そうなのですよ」

武左衛門の顔に、溢《こぼ》れんばかりの笑みが浮かんだ。

亀戸《かめいど》天神で『がまの油売り』をしている武左衛門は、ひところ、ひどく落ち込んでいた。

『がまの油売り』の時は、口上を並べ立てて客を集めるのだが、武左衛門の口から出る口上は、生国である下野国《しもつけのくに》の訛《なま》りがあって、集まった客たちから野次られたり、笑われたりしていたのだ。

武左衛門は、江戸言葉を身に付けようとしたのだが、行き詰まった。

「これからは、国の言葉で、堂々とやっつけちゃどうですかね」

ある日、丹次は成算もなく武左衛門にそう勧めた。

その時はなんの反応も示さなかった武左衛門だったが、しばらくすると、『がまの油』が売れたと言って顔を綻《ほころ》ばせた。

丹次の勧めに従って国の言葉で口上を述べたら、天神様の参詣人たちに大層受けたというのだ。

以来、武左衛門は堂々と国の言葉で『がまの油売り』を続けている。

丹次が体を拭き終わり、浴衣《ゆかた》を肩から引っ掛けた時、

「あら、あんたも一緒かい」

路地を挟んで向かい合っている三軒長屋の、左側の一番奥の家から与助の女房、お竹《たけ》が桶を手にやって来た。

「水か」

「ああ」

お竹がそう返答すると、与助は釣瓶を井戸に落として水を汲み上げ、女房の桶に注いだ。

「あら、お牧《まき》さん、お出掛けだったんですか」

お竹が、小さな風呂敷包を抱えて外から帰って来たお牧に作り笑いを向けた。

「ええ、ちょっと」

三十に近いお牧は、小首を傾《かし》げ、口元に妖艶な笑みを浮かべた。

「両国の川開きの花火は、船から見るとお言いだったが、どうでした」

与助が、好奇心も露《あら》わにお牧に尋ねた。

「えぇ、旦那と、そのお友達の方々と乗り込んだんですが、川の中は船で混み合って、その上屋根があるもんですから、真上の花火は、なかなかねぇ」

お牧は、苦笑いをした。

「やっぱりねぇ。花火なんてものは、遠くから眺めた方がいいようですな」

そう口にした与助が、腕を組んで唸《うな》った。

一日前の五月二十八日が、両国の川開きだった。

その夜は花火が打ち上げられ、例年、両国橋とその周辺は多くの人で溢《あふ》れかえるのだ。

「それでは」

一同に会釈して、お牧は、右側の棟の一番奥の家に姿を消した。

「ここんとこ、旦那の姿が見えないんじゃないかね」

お竹が声を低めた。

お牧は、妻子持ちの骨董屋の囲われ者だった。

「春山さん、隣りの様子はどうなんだい」

与助が、お牧の隣りに住む武左衛門を見た。

「それがしはあれです、隣りのことなど関心ありません」

武左衛門は口を尖らせると、井戸端を後にして右側の棟の真ん中の家に入っていった。

「それじゃ、おまんまにしようかね」

お竹が謡《うた》うように声を出すと、

「それじゃ」

与助は、お竹に続いて路地の奥へと向かった。

「あ、丑松さん」

丹次が家の戸障子に手を掛けた時、大家の富市《とみいち》に呼び止められた。

「昼間、丑松さんを訪ねて女の人が見えました」

近づいて来た富市は、辺りを憚《はばか》るように声をひそめ、さらに、

「浅草寺奥山の、『三雲屋《みくも》』のかねという、二十二、三の」

と、耳打ちをした。

『三雲屋』のおかねなら二十《はたち》なのだが、年上に見られるのは老け顔のせいかもしれない。

「なにか言付けがあるならと尋ねたんですが、直に話したいからと言って帰って行きました」

「それで、なんと言ってました」

そう口にして、富市は小さく首を傾げた。

おかねというのは、浅草寺奥山の水茶屋の茶汲み女だった。

丹次の弟分、庄太《しょうた》との間に立って、取次ぎをしてくれる気のいい女である。

庄太は、丹次が橋場の博徒、欣兵衛《きんべえ》の子分だった頃の、弟分だった。

遡《さかのぼ》ること三年前、賭場に役人が踏み込んで来て、その場に居合わせた欣兵衛はじめ、丹次と三人の子分がお縄になり、捕まった五人はそれぞれ、三宅島、八丈島への遠島の刑と江戸所払《ところばらい》の刑に処せられた。

ところが、丹次とともに八丈島に行くはずだった欣兵衛は、流人船の中で体調を崩してしまい、ついには寄港した三宅島で病死し、八丈島へは丹次一人が辿《たど》り着いた。

一年後、博打《ばくち》で捕まった、深川、仙台堀の博徒、重次郎《じゅうじろう》と八丈島で再会した。

その重次郎の口から思いもよらないことを聞いたのだ。

丹次たちが捕まったのは、欣兵衛の右腕と言われていた百足《むかで》の孫六《まごろく》が、親分である欣兵衛の賭場を役人に密告したからだという。

二月に島抜けをし、四月に江戸に潜り込んだ丹次は、孫六が欣兵衛の縄張りをそっくり我が物にしていることを知った。

一方、丹次が島抜けをして江戸に戻っていることを知った孫六は、丹次に恐怖を感じていた。

役人に密告して欣兵衛を陥れた一件で、丹次が意趣返しに戻って来たと思い込んだ孫六は、子分たちを引き連れて、庄太の長屋に潜んでいた丹次を襲撃した。

その時は辛くも逃げ切ったのだが、丹次はそれ以来、孫六の眼に用心しながら日々を過ごしているのである。

浅草寺の奥山は、夜になっても賑わっていた。

芝居小屋や見世物小屋も建ち並び、小商いの露店の提灯《ちょうちん》や雪洞《ぼんぼり》が辺りを照らし、食べ物屋の呼び込みの声や大道芸人たちの口上が飛び交っている。

昼間よりも夜の方が猥雑《わいざつ》さが加わって、淫靡《いんび》な賑やかさがあった。

雑踏の中、手拭いで顔を隠した丹次は、辺りに眼を走らせながら歩いていた。

浅草は、孫六の縄張りである橋場から近い。

顔を知っている子分の眼に留まるのは剣呑《けんのん》だった。

丹次は、手拭いの端を鼻の下で結ぶ盗人《ぬすっと》かむりではなく、顎《あご》の下で結んだ頬かむりである。

夜の奥山には色を売る女もいて、それを目当ての男が集まる。

男の中には顔を晒《さら》したくない者もいて、そういう連中は手拭いで顔を隠すか笠を被ってやって来るから、丹次の頬かむりが奇異に映ることはなかった。

本堂の西側を進んだ丹次は、淡島神社の近くで足を止めた。

幟を確かめるまでもなく、何度か訪れたことのある水茶屋『三雲屋』は、すぐに分かった。

葭簀《よしず》張りの棟割《むねわり》長屋に五軒の水茶屋があり、それが二棟、向き合っている。

水茶屋『三雲屋』は、右側の棟の一番手前にあり、丹次の顔見知りの茶汲み女を相手に、客の男が目尻を下げていた。

「あら、丑松さん、来てくれたのぉ」

湯を沸かす釜の火加減をみていたおかねが、丹次に気付いて顔を向けた。

「なにかあったのか」

丹次が聞くと、おかねは、眉間に皺《しわ》を寄せて頷いた。

「おしなさん、半刻（約一時間）ばかりお願い」

朋輩《ほうばい》に声を掛けたおかねは、

「こっちに」

と、丹次を手招いて『三雲屋』を離れた。

おかねは、奥山から浅草寺の北門に当たる御成門を通り、境内の外に出た。

広い道を西の方に進むと、

「庄太がね、今、あたしの家にいるんですよ」

周りに人はいないのだが、おかねは囁《ささや》いた。そして、

「体のあちこちに刺し傷こさえて、三日前から唸ってるんだ」

とも口にした。

御成門から一町（約百九メートル）ばかり歩いたところで、おかねは四つ辻を右

に曲がった。

辺りは、明かりの乏しい入谷《いりや》の田圃《たんぼ》である。

暗い田圃の先がほんのりと明るいのは、吉原遊郭があるからだろう。

「こっち」

おかねが、六軒町の三叉路近くの細い道に入り込んだ。

ほんのわずか奥に進むと、六軒長屋が二棟向き合っていた。

左側の棟の一番奥にある家の戸口に立ったおかねが、なにも言わず戸を開けた。

「どうぞ」

促されて丹次が家の土間に足を踏み入れると、おかねがそっと戸を閉めた。

「おかねか」

土間の奥の暗がりから、呻《うめ》くような声が聞こえる。

「丑松さんも一緒」

「ん」

おかねの声に、くぐもった男の声が答えた。

土間を上がったおかねが、火打石を叩いて蠟紙《ろうがみ》に火を点け、その火を竹燈台《たけとうだい》の油皿の芯に移した。

下帯ひとつで薄縁《うすべり》に横たわっていた庄太の姿が、明かりで浮かび上がった。

「兄ィ」

「上がって」

おかねに促されて、丹次は土間を上がった。

横たわった庄太の体の、腕や顔に切り傷があった。

腹に巻かれた包帯には、うっすらと血が滲《にじ》んでいる。

「医者に診せたら、深手じゃないから、死にはしないってさ」

おかねが、けろりとした声を発した。

「庄太、なにがあったんだよ」

丹次は、声を低めて問いかけた。

「三日前、うちの賭場に、山谷《さんや》町の、菩薩《ぼさつ》の太郎兵衛《たろべえ》の子分たちが雪崩《なだ》れ込んできやがったんだよ」

庄太は、息を継ぎながら、話し出した。

橋場の孫六の賭場は、その夜、橋場新田にある無住の百姓家で開かれたという。

夜中の九つ（十二時頃）、戸板を蹴破《けやぶ》って、十人くらいの男たちが賭場に乱入した。

その場に居合わせたのは、庄太の他に子分が三人、そして孫六を含めて五人だった。

「いきなり来やがったから、斬り合いという斬り合いにはならねぇんだよ。向こうに押しまくられて、おれは、腹や、腕を」

そう口にして、庄太は息を継いだ。

あっという間に騒ぎは収まり、畳に這《は》った庄太が顔を上げると、仲間の子分たちの大方は傷が浅いようで、座り込んでいた。

一人、動かないのが、孫六だった。

庄太の近くで仰向けになった孫六の体の下からはどす黒い血が流れ出て、畳に広がっていた。

「親分が死んでる」

子分の一人が、ぽつりと呟いたのを庄太は耳にしていた。

山谷町の博徒、菩薩の太郎兵衛の狙いは、ただひとつ、孫六を殺すことだったようだ。

孫六を殺した後、太郎兵衛の一党はさっさと引き揚げていった。

「そのあと、どうしたんだよ」

丹次は、庄太に問いかけた。

「這うようにして、百姓家を出たよ。役人なんかが来たら面倒だからさ。出て、すぐ近くの寺の床下に潜り込んだ」

庄太は夜明け近くになって動き出し、やっとのことでおかねの家に辿り着いた。

血だらけの庄太を見たおかねは、気丈にも体の汚れを拭きとり、日の出とともに医者を連れて来て手当てをさせたという。

「粥《かゆ》も作ってくれました」

庄太がそう言うと、

「だって、仕方ないだろう、幼馴染《おさななじみ》だもの」

おかねは、むきになってそう言うと、口を尖らせた。そして、

「じゃあたし、店に戻るね。帰りにはなにか食べ物買って来るから」

土間で下駄を履いて路地に出ると、遠ざかって行った。

二

孫六の死を知った丹次の口から、ふうとため息が洩れ出た。

安堵の吐息というわけではなかった。

己を縛っていた緊張の糸が、思わぬことで一本切れて、なにやら気が抜けたような心持ちだった。

おかねが『三雲屋』へと向かってから、寸刻が経った頃である。

「兄ィ、すまねぇ。水を」

「お」

丹次は、土間の水甕《みずがめ》から水を汲むと、水屋から取り出した湯呑《ゆのみ》に注いだ。

「起きられるか」

「どうかなぁ」

庄太は、自信なさそうに首を捻《ひね》った。

「少し起きねぇと、飲みにくいだろ」

そう言いながら、丹次は庄太の背中に手を差し込んで、ゆっくりと起こした。

「いててて」

痛みに顔を歪めたが、丹次は、庄太の背中と床の隙間に片膝を差し込んだ。

「あぁ、それなら飲めるよ」

丹次の太腿《ふともも》に背中を預けるようにした庄太に、湯呑を持たせた。

その湯呑を口に運ぶと、庄太はごくごくと飲み切った。

「うめぇ。生き返ったって気がするよ」

しみじみと呟いて、空の湯呑を床に置いた。

丹次は、庄太の背中に腕を回して支えると片膝を抜き、仰向けに寝かせた。

「その後、兄さん捜しはどんな具合なんで？」

天井を向いたまま、庄太がぽつりと口にした。

「なかなか、はかどらなくてな」

丹次は、苦笑いを浮かべた。

幾つか、手掛かりになるかもしれないというものが、なくはなかった。

堀で溺《おぼ》れた子供を助けた丹次は、その母親から、お礼にと一足の草履《ぞうり》を進呈された。

その草履を包んでいた三枚の紙のひとつに、絵があるのを見つけたのだ。

藍一色で刷られた忘れ草の絵だった。

十数年前、丹次が十三、四の時分、兄の佐市郎が描いていた花に似た絵柄だった。

丹次は自分の名と身分を偽り、絵師になったという佐市郎の友人、大原梅月《おおはらばいげつ》を訪ねて、忘れ草の刷り物を見てもらったのだが、兄の手によるものかどうか、判断はつきかねるという返答だった。

その梅月によれば、人手に渡る直前の『武蔵屋』を訪ねた折り、佐市郎の傍で甲斐甲斐しく働く女中がいたということだった。

元台所女中のお杉《すぎ》やおたえが、以前から口にしていた、小春《こはる》という奥向きの女中だろうと推測出来たのだが、それを辿るようすがは、亀戸の料理屋で断たれた。

「断たれたっていうと」

庄太が、丹次を見て眉をひそめた。

「小春は『武蔵屋』を追われた後、口入れ屋の口利きで亀戸の料理屋に働きに出ていたんだが、おれが訪ねて行った時、その料理屋はとっくになくなっていたよ」

「そういうことか」

庄太が、ため息交じりに呟いた。

「だがよ、ひとつ、引っ掛かるもんがあるんだ」

床に眼を落としたまま、丹次は低い声を出した。

要三郎から『武蔵屋』の家と土地を買い取った、薬種問屋『鹿嶋《かしま》屋』を訪ねた丹次は、主人と番頭から奇妙な応対を受けていたのだ。

「訪ねて行った日、要三郎と買い取りの話をしたのは主人だからと番頭に言われて、二日後に主人と会うことになったんだが、顔を出したら、主人は急用で出て行ったというんだ。それじゃしょうがないと表に出掛かった時、帳場の奥にあった暖簾《のれん》の向こうから、店先の様子を窺《うかが》っている男の着物の腰から下が見えたんだ」

『鹿嶋屋』を後にした丹次は、すぐに異変に気付いた。

店の表にじっと立っていた人影が三つ、丹次の後を追うように動き出したのだ。

「見るからに堅気じゃねぇ。付けられているのに気付かないふりをしてしばらく引っ張り、おれは姿を隠して、今度は付けてきた男三人を追ってどこの何者か探ってやろうとしたんだ。だが、ほんの少し眼を離した隙に、見失ってしまった」

「兄ィ、そりゃ妙だよ」

庄太が、眼を光らせた。

「だよな」

丹次は、庄太の反応に我が意を得た。

そういうことがあってから、日本橋近辺に用事がある時は、丹次は笠や手拭いで顔を隠して、『鹿嶋屋』の表を通り過ぎざま中の様子を窺うようにしていた。

激しい人の出入りはないものの、大身の武家や乗り物を使う医師の姿をよく眼にした。

「おれはまず、『鹿嶋屋』を突《つつ》いてみようかと思ってる」

静かな声で、丹次は決意を述べた。

「兄ィ、眼の上のたん瘤《こぶ》の孫六親分は死んだから、今度は堂々と手伝える。だから、おれがちゃんと動けるようになるまでもう少し待ってもらいてぇ」

庄太が、神妙な声を出した。

「あぁ、待ってるぜ」

丹次は、庄太を見て頷いた。

菅笠《すげがさ》を被った丹次が、荷台に山ほどの荷を積んだ大八車を曳いて、大名屋敷の脇門から小路へと出て来た。

口入れ屋『藤金』から、献残屋《けんざん》の仕事を請け負っていたのだ。

おかねの家で庄太と再会した日から二日が経った、六月の一日である。

日は、梅雨の晴れ間の中天近くに昇っていた。

幕府の重職を務める大名や旗本には、各方面から様々な付け届けの品々が集まるということは前々から耳にしていた。そんな品物の始末に苦慮するお家に出向いて不用品を引き取り、それを他で売るのが献残屋である。

丹次が荷を引き取ったのは、鍛冶橋御門内、大名小路にある、越前国、勝山藩の小笠原相模守《さがみのかみ》家上屋敷だった。

小笠原家に贈られた品々は、買えば値の張る物ばかりに違いなかった。

以前、寺社奉行と奏者番《そうじゃばん》を兼ねる大名家から引き取った品物の中に、茶器を見つけた献残屋の主が、

「名のある陶工の茶碗ばかりだ」

と、眼を丸くしていたのを覚えている。

丹次が仕事を請け負っている献残屋は、日本橋、本材木町にあり、大名小路との往復は楽だった。

しかも、同じ日本橋の、通《とおり》二丁目新道にある『鹿嶋屋』の前を通り過ぎながら、店の様子を窺えるというのがありがたい。

笠か頰かむりで顔を隠しているので、『鹿嶋屋』の者に気付かれる恐れはなかった。

昨日は、芝にある大名屋敷から品物を引き取る仕事で、その行き帰りにも『鹿嶋屋』の前を通ったが、得るものはなにもなかった。

「ご苦労様」

本材木町の献残屋『三増《みます》屋』の店先に大八車を止めると、二人の小僧を伴って飛び出して来た手代《てだい》が、丹次に声を掛けた。

丹次が荷物を縛っていた縄を解くと、手代と小僧二人は、店の中と外を二、三度往復して、あっという間に大八車を空にした。

この日の丹次の仕事は終わった。

番頭の角次郎《かくじろう》から手間賃の一朱（約六千五百円）を貰うと、丹次は『三増屋』を後にした。

楓川《かえでがわ》に沿って海賊橋の方へ足を向けた時、鐘の音がした。

本石町《ほんごくちょう》の時の鐘が、九つ（正午頃）を打ち始めた。

なにも急ぎ帰ることはない――腹の中で呟くと、丹次は『鹿嶋屋』のある方へと足を向ける。

楓川の方から通二丁目新道へ入り込んだ丹次の眼に、『鹿嶋屋』の店先に置かれた乗り物と、四人の陸尺《ろくしゃく》の姿が見えた。

菅笠を目深に被った丹次は、ゆっくりと歩を進めた。

番頭の弥吾兵衛《やごべえ》の先導で、小袴《こばかま》に絽《ろ》の羽織を着た、医者と思しき男が帽子を被って『鹿嶋屋』の中から出て来た。

その後ろには主人の源右衛門《げんえもん》と五人の手代が続き、乗り物に乗り込む帽子の男に恭《うやうや》しく腰を折った。

丹次は、足を止めることなく、『鹿嶋屋』の前を通り過ぎた。

通二丁目新道を出た丹次は、東海道に面した茶舗《ちゃほ》の辺りで足を止めた。

『鹿嶋屋』から出て来た帽子の男が医者なら、どこの何という医者なのか、確かめてみるつもりになっていた。

それが兄捜し、お滝と要三郎捜しの役に立つのかどうかは分からないが、知っておくのも無駄ではないように思えた。

通二丁目新道を出て来た乗り物は、東海道を北へ、日本橋の方へと向かった。

四人の陸尺の担ぐ乗り物の速度は思ったよりも速く、あっという間に日本橋を渡って直進し、神田川に架かる昌平橋を渡ったところで左に曲がった。

まっすぐ進めば湯島の聖堂が右手にある。

だが、乗り物は聖堂の手前で、湯島横町の小路へと入って行った。

聖堂の敷地のすぐ裏に建つ薬医門を潜った乗り物は、屋敷の式台の前で止まった。

「お帰りでございます」

陸尺の一人が大声を発すると、使用人なのか倅《せがれ》どもかは分からないが、屋敷の中から三人の若い男たちが現れて式台に膝を揃え、乗り物から降りた帽子の男を恭しく迎えた。

帽子の男が、この屋敷の主と思われた。

それを見届けると、丹次は小路を出た。

昌平橋の方から、盤台《ばんだい》を天秤棒に下げた棒手振《ぼてふ》りが、上って来るのが見えた。

「ちょいと聞くが、聖堂の手前の道を右に行ったところに、医者がいるだろう」

「おぉ、あそこには、時々魚を持って行ってるぜ」

丹次の問いかけに、棒手振りが威勢よく返事をした。

「名を教えてくんねぇか」

「浅井啓順《あさいけいじゅん》先生といってね、ええと、どっかの大名家の藩医を務めてるってことだぜ」

棒手振りの返事は明快だった。

藩医を務める浅井啓順という医者と分かっただけでも良しとすべきだろう。

去って行く棒手振りに礼を言った丹次は、坂を下りきって下谷御成街道の方へと左に折れた。

「丑松さん」

背後から声が掛かった。

足を止めると、筋違橋《すじかい》の方から亥之吉《いのきち》がやって来るのが見えた。

亥之吉は神田佐久間町の目明し、九蔵《きゆうぞう》の下っ引きをしているが、以前は丹次の実家『武蔵屋』の奉公人だった。
十六、七の頃から実家に寄りつかなかった丹次の顔は、幸い亥之吉に知られていなかった。丹次は、『武蔵屋』の元奉公人、丑松という触れ込みで亥之吉に会い、佐市郎捜しに助力してもらっている。
「神田明神さんに願い事ですか」

亥之吉は、そう口にして笑みを浮かべた。

湯島の聖堂の裏には、神田明神がある。

「ええ、まぁ」

丹次は曖昧に答えた。

「そうそう。丑松さんこの前、『武蔵屋』の佐市郎旦那の幼馴染に、北町奉行所の同心、柏木《かしわぎ》様というお人がいると言ってたじゃありませんか」

そう口にした亥之吉に、丹次は頷いた。

「この前柏木様にお眼にかかったんで、丑松さんから聞いたと言うと、やっぱり、佐市郎旦那とは、学問所に通ってる時分からの友達だとお言いでしたよ」

亥之吉はさらに、

「元奉公人の丑松さんが、昔、世話になった佐市郎旦那の行方を捜していることや、『武蔵屋』を売り飛ばしたお滝と要三郎を追ってるってことを話したら、いつか会いたいもんだとも言いなすった」

と、そう付け加えた。

「そりゃ、是非」

丹次は即座に返答した。

躊躇《ためら》ったり断わったりすれば、亥之吉になんと思われるか分からない。

島抜けをした身にすれば、奉行所の同心に会うなど剣呑だが、柏木八《はち》右衛《え》門《もん》に〈丹次〉の顔は知られていないのが、幸いだった。

「それじゃ、柏木様にひとつよろしゅう」

亥之吉にそう声を掛けると、丹次は下谷御成街道へと足を向けた。

三

六月に入って初めての雨が、昨日、一日中降った。

連日の車曳きでいささか草臥《くたび》れていた丹次にはありがたい雨だったが、『治作店』の住人、鋳掛屋の与助と『がまの油売り』を生業《なりわい》とする春山武左衛門は外に出られず、雨空を恨めし気に見上げていた。

昨日から降り続いていた雨は、夜更けには止んだようで、与助と武左衛門は夜明けを待ちかねたようにして『治作店』を飛び出して行った。

丹次が遅い朝餉を摂り終えた頃、雲が切れて、すっと日が射した。

五つ（八時頃）の鐘が鳴り終わった頃合いである。

その後、溜まっていた汚れ物の下帯や浴衣などを洗い、家の掃除を済ませると、日は真上近くに昇っていた。

丹次は、菅笠を手に家を出た。

「あら、お出掛けですか」

井戸端で茶碗や笊《ざる》を洗っていたお竹から声が掛かった。

「口入れ屋に顔を出したいし、髪結いにも行こうかと思いまして」

そう返事をして、丹次は表通りへと木戸を潜った。


日本橋川に架かる江戸橋一帯は、夕暮れ時を迎えていた。

沈みかけた西日が川面に映り、きらきらと光を放っている。

その川面の輝きを蹴散らすように、川船が忙しく行き交う。

昼頃、湯島切通町の『治作店』を出た丹次は、門前町の髪結い床で髪を整え、髭《ひげ》を剃ってもらった。

その後、神田の蕎麦屋で昼餉の盛り蕎麦を食べると、同じ神田の口入れ屋『藤金』に顔を出した。

仕事の口は幾つかあった。

車曳きもあれば、普請場の材木運びの口もあった。

湯屋の木《こ》っ端《ぱ》集めと、米問屋の米俵運びの口を請け負うことにして、神田下白壁町《しもしらかべちょう》の『藤金』を後にした。

丹次は、その足を、日本橋の方へと向けた。

下白壁町を南へ向かい、竜閑川《りゅうかんがわ》に架かる東中之橋を渡ると、角を幾つか折れて西堀留川へ出た。

西日を浴びた江戸橋を渡り、楓川西岸の本材木町の通りを二丁目の先まで歩き、小路を西へと向かう。

川瀬石町《かわせこくちょう》と小松町の間の小路を過ぎた丹次は、菅笠で顔を隠すようにして、通二丁目新道へと歩を進めた。

夕暮れ時を迎えた通りに、大戸を下ろす音が響いている。

早仕舞いの店もあれば、日が暮れても開けている店もある。

薬種問屋『鹿嶋屋』では、軒から地面まで下げられた長暖簾が、手代や小僧たちの手で片付けられていた。

間もなく、大戸が下ろされる刻限のようだ。

突然、手代や小僧たちが暖簾の片付けを中断して、戸口の外に整列した。

ほどなく、番頭の弥吾兵衛や中にいた手代たちを従えて、『鹿嶋屋』の主、源右衛門が表に出て来た。

「行ってらっしゃいまし」

弥吾兵衛が声を発すると、他の者たちは弥吾兵衛に倣《なら》って腰を折り、出掛ける源右衛門を見送った。

源右衛門と付添いらしい手代は、表通りには出ず、通二丁目新道を東に向かい、最初の四つ辻で左に曲がった。

丹次は、のんびりとした足の運びで源右衛門の後ろに続いた。

鮮やかだった夕焼けが、少しずつ翳《かげ》って行く。

手代を従えた源右衛門は、江戸橋を渡り、そのまま西堀留川の西岸を北へと向かった。

先刻、下白壁町から来た丹次が辿った道を引き返す形になった。

西堀留川の両岸は、米河岸、小舟《こぶな》河岸、塩河岸などの蔵があって、朝暗いうちから活気の漲《みなぎ》る一帯だが、夕刻ともなると、打って変わってひっそりとしている。

米河岸の先に架かる中之橋に差し掛かったところで、源右衛門の前に人影が三つふらふらと近づいて、行く手に立ち塞《ふさ》がった。

丹次は天水桶の陰に身を置いて、行く手の様子を窺った。

見たところ、三人の男はこの辺りで働く荒くれ人足のようである。

「旦那、いい着物を着てるねぇ」

ねじり鉢巻きをした人足が、粘っこい物言いをした。

「なにか用ですか」

付添いの手代が、取り囲んだ人足たちに、抑揚のない声で言った。

「おれら、ちょいとばかり飲み代に難儀しておりまして」

髭面の男が歯の抜けた口を大きく広げて笑いかけると、腕に彫り物を入れた男が、

「少しばかり銭を恵んでもらいてぇ」

と、手代に顔を近づけた。

「それはお断りさせていただきます」

手代は怯《ひる》むことなく、そう口にした。

「断わるだと」

彫り物の男が低く凄《すご》むと、他の二人が眼を吊り上げて懐に呑んでいた匕首《あいくち》を抜いた。

その途端、手代の手刀が髭面の男の手首を叩き、ねじり鉢巻きの男の頬を平手で

叩いて匕首を奪い取ると、

「勢助《せいすけ》、殺すなよ」

源右衛門が、静かな声で諫《いさ》めた。

勢助と呼ばれた手代は、小さく頷くや否や、一方へ向けて匕首を投げた。

その匕首は、川端に立っている柳の木の幹に、トンと音を立てて突き刺さった。

立ちすくんでいた人足たちの顔に怯えが広がり、おろおろと、その場から逃げ去って行った。

源右衛門は何ごともなかったかのように歩き出し、勢助がその後ろに従った。

二人は、鉤《かぎ》形に曲がった川に沿って、西へと折れた。

丹次も、足音を殺して二人の後に続いた。

曲がった先は、伊勢堀である。

黄昏時《たそがれどき》の伊勢堀の水面に、商家や料理屋から洩れ出る明かりが映っている。

源右衛門と勢助は、浮世《うきよ》小路《しょうじ》の料理屋『清《きよ》むら』の中に入って行った。

丹次が以前後を付け、料理屋に入った男が『鹿嶋屋』の主である源右衛門だと知ったのは、この『清むら』の下足番の口からだった。

辺りを見回すと、居酒屋の掛け行灯《あんどん》が見えた。

小さな稲荷《いなり》の祠《ほこら》の隣りにある居酒屋の暖簾を割って、丹次は店の中に足を踏み入れた。

「いらっしゃいまし」

店の小女の声が響き渡った。

丹次は土間を上がり、開けてある障子窓近くの板の間に腰を下ろした。

窓から、『清むら』の玄関が見えるのは、もっけの幸いだった。

「なんにしましょう」

小女が、丹次の近くに両膝を突いた。

「酒は冷やで、一本。鰹《かつお》の刺身と奴豆腐、それに蕗《ふき》の煮しめを貰おう」

板壁に張られたくすんだ品書きの中から選んで、丹次は注文した。

「はぁい」

陽気に声を張り上げて、小女は板場に向かう。

宵の口のせいか、客は三分ほどしかいない。

源右衛門を見張ってどうなるものでもなかったが、夕餉を摂るついでだと思えば、それはそれでよかった。

開いた障子窓から見える伊勢堀一帯は、すっかり暮れていた。

黄昏時はぼんやりとしていた道端の雪洞や常夜灯、それに料理屋の明かりの輝きが増している。

どこかの料理屋から、三味線や太鼓の音が流れ出ていた。

いつでも店を出られるようにと、丹次は先刻、皿を片付けに来た小女に払いを済ませていた。

三本目の徳利《とつくり》を傾けてぐい飲みに注いだが、途中で酒が切れた。

ま、いいか——腹の中で呟いて、ぐい飲みを口に運びかけた時、『清むら』の表に勢助が出て来て左右に眼をやるのが見えた。

腰を上げた丹次は、土間に置いた草履を急ぎ引っかけると、

「美味《うま》かったよ」

菅笠を被りながら、居酒屋を後にした。

堀端に近づくと、酔いを醒ましているふりをして、柳の木に寄りかかり、『清む

ら』の表を窺った。

　すると、近くで待っていたのか、大身の武士が使うような乗り物が表に運ばれて来て、『清むら』の番頭や女中とともに、源右衛門と二人の武士が出て来た。

　四十代半ばと見える武士は、そのまま乗り物の中に消え、もう一人の若い武士は、火の灯った提灯を手にして乗り物の横に立った。

　提灯には、丸に並び切り竹の紋があった。

　源右衛門と勢助、それに『清むら』の者たちの見送りを受けて、乗り物は表通りへと向かった。

　それから間もなく、『清むら』の前に辻駕籠《つじかご》が来て、源右衛門が乗り込んだ。

　すぐに駕籠は担がれ、提灯を手にした勢助と『清むら』の番頭たちに見送られて西堀留川の方へと揺られて行った。

　手代の勢助を置いて行ったのは、『鹿嶋屋』に帰るのではないということだろうか。

　どこへ行くかはともかく、源右衛門が一人になったことは、丹次にとってはまたとない機会である。

日本橋、小網町二丁目の明星稲荷界隈には月明かりが降り注いでいた。

大川に繋がる日本橋川の水面に月が映っている。

源右衛門を乗せた駕籠は、江戸橋の北詰で方向を変えると、荒布橋を渡って小網町の方へ向かい、思案橋を渡った先にある明星稲荷の前で止まった。

付けていた丹次は、足を止めた。

止まった駕籠から四間（約七メートル）ほど離れている。

駕籠を降りた源右衛門は、駕籠舁《か》きの一人に代金を差し出した。

思いのほか酒手《さかて》を弾んだらしく、駕籠舁きはぺこぺこと頭を下げると、来た道を空駕籠を担いで引き返して行った。

源右衛門は、駕籠を降りたところから一間も離れていない、格子戸のある平屋の前で足を止めた。

格子戸の脇に『端唄《はうた》　小泉豊志女《こいずみとよしめ》』という木札が掛かっている。

「『鹿嶋屋』の旦那」

家の中に入られる前にと、丹次は急ぎ声を掛けた。

格子戸に手を掛けていた源右衛門が、ゆっくりと顔を回した。

「野暮とは思いましたが、ちょいと尋ねたいことがあったものですから」

丹次は丁寧な物言いをした。

「どこで会いましたかな」

源右衛門は、既に笠を取っていた丹次の顔をじっと見た。

「通二丁目新道の『鹿嶋屋』で、ですが」

そう口にした丹次の顔を、源右衛門は食い入るように見つめた。

「おそらく、旦那にはどうでもいい日にちだったと思いますが、このおれには、五月十一日という日は忘れられない一日になりましたよ」

そう口にして、小さな笑みを浮かべた。

「名は、なんと仰るね」

「へぇ、丑松と申しますが、番頭の弥吾兵衛さんから、お聞きになっちゃいませんか」

丹次は依然、丁寧な物言いをした。

思案を巡らせた源右衛門が、ふと口を開きかけて、やめた。

丑松という名に、心当たりがあったに違いない。

「道端じゃなんです。月明かりもありますから、そこの富士塚で話すというのはどうです」

返事も聞かずに歩き出すと、源右衛門は丹次に続いて稲荷の境内に入って来た。

明星稲荷の境内に小網富士と呼ばれる富士塚があることは、日本橋生まれの丹次は幼い時分から知っていた。

丹次は、祠《ほこら》の前で振り向いた。

樹木に囲まれてはいたが、月明かりのお蔭で源右衛門の顔つきを窺うことが出来た。

「もうお察しとは思いますが、旦那がおいでになるという日に、『武蔵屋』の番頭だった要三郎のことを聞きに、『鹿嶋屋』を訪ねた者ですよ」

「あぁ、それなら聞いています。あの時は、急な用事で外に出掛けてしまいまして」

「いいえ。旦那はちゃんと『鹿嶋屋』においでででした」

丹次が、笑みを浮かべて静かに声を出すと、源右衛門の顔が心なしか固まった。

「弥吾兵衛さんに留守と言われて帰って行くおれを、帳場の奥に下がった暖簾の向こうに立って、覗いていたじゃありませんか」

丹次の言に、源右衛門の顔がさらに強張った。

「あの時の旦那は、茶色の絽の着物に黒の羽織を着ておいでだった」

丹次がそう付け加えると、源右衛門の眼が鋭く光った。

「そして、『鹿嶋屋』を出たおれを、三人の男どもに付けさせた」

「知りませんな」

源右衛門の声には、先刻の余裕はなくなっていた。

付けられていることに気付いた丹次は、どこの何者か探ろうとして、逆に付けたのだが、途中で三人の姿を見失った。

「見失ったのはどうでもいいんですがね、その後ふっと、誰がどうしておれを付けさせたのかと気になりまして、通二丁目新道の『鹿嶋屋』に引き返したんです」

丹次の説明に声も出さず、源右衛門の表情は依然固まっている。

「大戸を下ろした『鹿嶋屋』の潜り戸から出た男が、弥吾兵衛さんに見送られて辻駕籠に乗り込みましたよ。着ている物は、見覚えのある、茶の絽に黒の羽織だった。

それで、行先まで付けることにしたんです。駕籠を降りた男は浮世小路の『清むら』に入って行ったんだ。そこで、下足番に何者かと尋ねたら、『鹿嶋屋』の主、源右衛門さんだというじゃありませんか」

丹次は、源右衛門の顔に眼を留めていた。

「あんた、何者だね」

源右衛門が低い声を発した。

「おれは、要三郎に貸していた金を取り立てに来た丑松だと、『鹿嶋屋』で名乗ったはずだぜ。あいつが番頭を務めていた『武蔵屋』を売ってすぐ行方をくらましたとすれば、最後に顔を合わせたのは、買い手の『鹿嶋屋』さんだと思ったからこそ尋ねたんじゃねぇかい。要三郎の居所を知りたいと尋ねただけのおれを、どうしてあんた方は嘘をついてまで用心したのか。破落戸《ごろつき》どもに後を付けさせたのかが、分からねぇ。旦那、どうしてだね。要三郎の行方を知らなきゃ知らないと言えばいいものを、そっちが妙な真似をするから、こうして強談判《こわだんぱん》に及んだんですよ」

一気に口にして、丹次は小さく息をついた。

「いやいや、そうでしたな。はっきり申し上げますが、あの要三郎さんとは、『武蔵屋』さんの土地家屋の売り買いの時にお会いしただけで、その後のことは存じ上げないのです」

源右衛門はそう言うと、ため息をついた。

「日本橋で商いをしておりますと、いろいろ、痛くもない腹を探られたり、金をせびって刃物をちらつかせたりする輩《やから》を多く見ておりますから、番頭などは見知らぬお人に用心する癖がついているのでございますよ。いえなにも、あなた様が怪しいと申しているのではありませんのです。今度のことでは、店の者によぉく言い聞かせておきますので、どうかご勘弁を願います」

源右衛門は言い終わると、両手を膝に置いて首《こうべ》を垂れた。

「なるほどね」

そう返事をしたものの、得心した訳ではなかった。

「引き留めて悪かったね、旦那」

丹次は明るく声を掛けると、踵《きびす》を返して明星稲荷の境内を後にした。

四

旅籠《はたご》の二階の窓から、薬種問屋『鹿嶋屋』の表が望めた。

旅籠と『鹿嶋屋』の間を東西に貫く通二丁目新道は、表通りほど人の往来はない。

丹次が、小網富士のある明星稲荷で源右衛門と会った翌日の午後である。

昨夜、源右衛門は要三郎の行方は知らないと口にしたが、信じてはいない。

丑松と名乗った丹次に偽りを述べ、さらに後を付けさせたのは、強請《ゆすり》たかりの類だと思い、警戒したのだと申し開きをした。

そのことに納得したような素振りで源右衛門と別れたが、それは丹次の芝居だった。

強請たかりの類と思うなら、役人なり町の目明しなりに話を通せば済む。

大名家の藩医が出入りする『鹿嶋屋』なら、奉行所の同心に知り合いがいても不思議ではない。

それなのに、どこかの破落戸を使って、要三郎捜しの〈丑松〉を探ろうとしたのだ。

その〈丑松〉が眼の前に現れ、直に不審を口にしたことで、源右衛門がその後、どのように動くのか、あるいは動かないのか、『鹿嶋屋』を二、三日見張るつもりで、旅籠に入ったのである。

半刻（約一時間）ほど『鹿嶋屋』を見ているが、妙な動きはない。

源右衛門の姿は見えないものの、番頭の弥吾兵衛は帳場に座って、手代や小僧にあれこれ指示を出している。

日本橋本石町の時の鐘が八つ（二時頃）を打ち終わってから四半刻（約三十分）ばかり経った頃、東の方から歩いて来た手代の勢助が、『鹿嶋屋』の中に入って行った。

丹次が旅籠に入る前から、勢助は出掛けていたようだ。

通二丁目新道を行く灯芯売りや冷水《ひやみず》売りの売り声が長閑に交錯して、やがて遠のいて行った。

丹次の眼が、『鹿嶋屋』の建物脇の小路に留まった。

小路から、勢助に続いて弥吾兵衛が現れ、楓川の方へと向かった。

旅籠を出た丹次は、弥吾兵衛と勢助が去った方へと急いだ。

材木町二丁目の材木河岸に出たところで、江戸橋の方へ向かう弥吾兵衛と勢助の背中が見えた。

江戸橋を渡り、東堀留川を北へ向かった弥吾兵衛と勢助は、軒行灯に『花背《はなせ》』と書かれた、堀留町二丁目の小体《こてい》な料理屋の中に消えた。

それを見届けた丹次は、煙草《たばこ》河岸の際に建つ甘味屋の縁台に腰を掛けた。

甘味屋の縁台から、弥吾兵衛と勢助が入った料理屋の出入り口が見通せる。

「いらっしゃい」

赤い前掛けをつけた老婆が、丹次の前に立った。

「心太《ところてん》を貰うよ」

菅笠を被ったまま、丹次は注文した。

はいと返事をして、老婆は奥へ引っ込んだ。

東堀留川は、堀留町二丁目の手前で行き止まりになっている。

そこで堀が終わっているせいで、堀留という地名になったのかもしれない。

川を挟んで向かい合う堀江町の家並みの向こうに日は隠れて、甘味屋の縁台は翳《かげ》っている。

刻限は、間もなく七つ（四時頃）という頃合いだろう。

丹次は、注文した心太をとっくに食べ終えていた。

弥吾兵衛と勢助が料理屋の中に消えてから半刻ほどが経っている。

コトリと軽い音を立てて、料理屋の戸障子が中から開けられた。

笠を目深にして窺うと、弥吾兵衛と勢助が出てすぐ、三人の男が続いて現れ、最後に料理屋の女将らしい年配の女と、二十を過ぎたばかりのような娘が出て来た。

弥吾兵衛と勢助は、三人の男たちと二人の女の見送りを受けて立ち去った。

「長居したね」

前もって勘定を済ませていた丹次は、甘味屋の奥に声を掛けて腰を上げた。

弥吾兵衛たちの後ろに続こうとした丹次が、ふっと足を止めた。

料理屋の女二人の見送りを受けて歩き出した男たち三人に、見覚えがあったのだ。

四十ほどに見える一番年かさの男を、丹次は元浜町にある居酒屋『三六屋《みろく》』で見かけていた。

だが、客ではなかった。

『三六屋』のお七《しち》が寝起きをしている二階から下りて来た男だった。

その直後、徳利を載せた盆を持ったお七が下りて来て、男を見送ったのだ。その様子から、二階から下りて来た男はお七の情夫に違いないと、丹次はそう踏んでいた。

情夫と思しき男に従っている、総髪の髪を頭の後ろで束ねた三十ほどの体格のいい男と、顎の尖った細身の男も覚えている。

ひと月足らず前の五月十一日だった。

主の源右衛門に居留守を使われたのも知らず、『鹿嶋屋』を後にした丹次は、三人の破落戸たちに付けられていることに気付いた。

その三人の破落戸のうちの二人が、年かさの男に付き従っている二人の男だった。

「ごめんよ」

丹次は、料理屋に戻った女二人を追うようにして、戸障子を開けた。

「『鹿嶋屋』の弥吾兵衛さんに頼まれて、たった今お帰りになった旦那に届け物をしなきゃならなくなったんですが、うっかりして、名と行先を聞き洩らしましたんで、もしご存じなら、お教え願いとう存じます」

丹次は、丁寧な口を利いた。

「住まいは、両国に近い、橋本町四丁目ですよ。初音《はつね》の馬場が近いから、ご同業の皆さんは、初音の梅吉《うめきち》さんと呼んでる、香具師《やし》の親分ですよ」

年配の女が、細々と教えてくれた。

「ありがとう存じました」

深々と腰を折ると、表へと飛び出した。

そして、初音の梅吉と呼ばれる男が向かった方へ、丹次は急いだ。

橋本町なら、浜町堀、千鳥橋の袂《たもと》にある『三六屋』の辺りを通るのかと思ったが、梅吉と連れの二人は田所町の先で、大門《おおもん》通りを左へと折れた。

まっすぐ北に向かった三人は、牢屋敷が近い小伝馬町二丁目の四つ辻を右へと曲がり、浅草御門の方へ足を向けた。

旅人宿が建ち並ぶ馬喰《ばくろ》町《ちょう》の通りを進んだ梅吉ら三人は、馬喰町二丁目の四つ辻を左に折れた。

そこからほんのわずか行くと、右手に初音の馬場があり、道を挟んだ北側にはかって関八州郡代代官所が置かれた馬喰町御用屋敷の広大な建物が見えた。

その御用屋敷に隣接したところに、橋本町四丁目がある。

梅吉に付いていた二人のうち、細身の男が先に立つと、障子紙に梅の花の図柄が描かれた戸を開けた。

梅吉は、その家の中に悠然と入って行く。

丹次は、物陰に佇《たたず》んで梅吉の家の方を窺った。

『鹿嶋屋』と香具師の梅吉が繋がっていることははっきりとした。

だが、要三郎の行方を捜しに現れた〈丑松〉と名乗った丹次を、『鹿嶋屋』がなぜ警戒したのかが分からない。

ふっと、近くに影が射した。

「おめぇ、『鹿嶋屋』から番頭と手代を付けたろう」

低い声で問いかけたのは、羽織の裾を腰まで捲《まく》り上げた、北町奉行所の同心、柏木八右衛門だった。

「いえ。わたしは、香具師の梅吉を」

「それは、堀留の料理屋からだろう。その前は、『鹿嶋屋』の二人を付けたんじゃなかったか」

八右衛門の追及に、丹次は声もなかった。

「笠を取れ」

役人に逆らうことはならず、丹次は従順に菅笠を外した。

「どこかで見た顔だな」

八右衛門は、独り言のように呟いた。

「お役人様とは、たしか、千鳥橋の『三六屋』で一度」

丹次はそう返答した。

「おぉ、そうそう」

丹次の顔に眼を向けたまま、八右衛門は頷いた。

だが、厳密に言うと、『三六屋』の前にも八右衛門とは出会っていた。

島抜けをして江戸に潜り込んだ四月の下旬だった。

丹次の実家である『武蔵屋』の土地建物を買い取って、小間物屋を開いた『永楽堂』なら、兄の佐市郎や女房のお滝《な》、それに番頭の要三郎の居所を知っているのではないかと、笠を被った雲水の装りをして訪ねたことがあった。

結局、なにも得るものはなく『永楽堂』を後にした。

その時、呼び止めてきたのが、『永楽堂』に髪油を買いに来ていた八右衛門だった。

『武蔵屋』の奉公人の行方を尋ねに来たと店の者から聞いたらしく、雲水の装りをした丹次に不審を抱いたのだろうと思い、その時は遁走《とんそう》した。

しかし、八右衛門は、兄の佐市郎と幼馴染だった。

今にして思えば、八右衛門はただ、友人である佐市郎の生家、『武蔵屋』のことを尋ねた者に好奇心を抱いただけだったのかもしれない。

八右衛門とほんのしばらく立ち話をしている間に、初音の馬場一帯は西日に染まり始めた。

「おめぇ、なんでまた『鹿嶋屋』を付け、今度は梅吉を付けたんだ」

八右衛門の眼が鋭く光り、

「名はなんだ」

と、畳みかけて来た。

その時、

「誰か、馬を止めてくれ！」

近隣に、男のだみ声が轟《とどろ》いた。

馬喰町の四つ辻の方から、一頭の馬が砂煙を上げて疾走して来るのが見え、その後方からは、筋骨逞しい馬喰が数人、褌《ふんどし》姿で追って来ていた。

咄嗟《とっさ》に道の真ん中に立った八右衛門は、馬が駆けて来る方に向かって立ちはだかり、両手を広げた。

その隙をつくように、丹次はその場を後にした。

浜町堀に架かる千鳥橋は、東緑河岸と西緑河岸を結ぶ小さな橋である。

その橋の東に足早にやって来た丹次が、ふっと速度を緩めた。

さりげなく背後を窺ったが、八右衛門が追って来るような気配はなかった。

八右衛門が疾走する馬を止めようとした隙に逃げたことに、胸をちくりと刺すものがあったが、綺麗ごとは言っていられない。

第一、同心と関わることは剣呑である。

追われる者が身を守るには、逃げるしかない。

千鳥橋を渡った丹次が、またしても足を止めた。

堀の西岸にある居酒屋『三六屋』の、開け放たれた戸口の軒行灯に火が入っていた。

日本橋に来たついでに、竈河岸《へっついがし》のお杉の家に顔を出そうと思っていたのだが、行灯の明かりに誘われるかのように、丹次は縄暖簾を割って『三六屋』の中に足を踏み入れた。

「いらっしゃい」

板場の中から、板前の久兵衛《きゅうべえ》の声がした。

客は一人もおらず、お七の姿もなかった。

「酒を貰おう。冷やをね」

そう声を掛けて、丹次は土間から板の間に上がった。

お七さんは留守かい――尋ねようとしたが、丹次はやめた。

お七目当てだと思われてはかなわない。

その時、木の軋《きし》む音がして、お七が階段を下りて来た。

「おや、丑松さんが口明けでしたか」

階段下の土間で下駄を履いたお七が、板場に入り、徳利とぐい飲みを載せたお盆を持って板の間に上がって来た。

「お注ぎしましょう」

徳利を持ったお七から、素直に酌を受けた。

「お七さんもいきますか」

「今から飲むと、仕事になりませんよ」

そう言って、お七は軽く右手を振って立つと、板の間の隅に置いてあった煙草盆を下げて丹次の向かいに座った。

「こっちには、何か用事でも」

煙草を詰めた煙管《キセル》を種火に近づけながら、お七が尋ねた。

「用という用じゃなかったんだがね」

丹次は誤魔化《ごまか》した。

初音の梅吉を付けて来たなどと、口にするわけにはいかない。

煙草の煙を天井に向かって吐くと、

「なんだか、お静かですね」

そう口にしたお七が、突然ふふふと笑い声を上げた。

「丑松さんは、静かでしたよねぇ。いつも騒いでいるのは、他の客でした。あはは」

煙管を煙草盆に叩《はた》くと、お七が徳利を取って丹次に勧めた。

「どうも」

素直に酌を受けた。

梅吉の情婦であるお七を前にすると、いろいろなことが頭を駆け回《めぐ》る。

『鹿嶋屋』の主の源右衛門も番頭の弥吾兵衛も、要三郎の行方を聞かれるのを嫌がっていたように思える。

丹次に対して用心深くなったのは、触れられたくないからではないか。とすれば、源右衛門たちは要三郎の行方を知っているのではあるまいか。

お七の情夫、梅吉は、そんな源右衛門たちと繋がっている。

そのことを、お七は知っているのだろうか。

『鹿嶋屋』と梅吉にどんな繋がりがあるのか、さりげなく尋ねてみたい衝動に駆られたが、丹次は思いとどまった。

五

千鳥橋の辺りは黄昏れていた。

お七を相手に徳利一本だけを飲んだ丹次は、四人連れの客が入って来たのを機に、『三六屋』を後にした。

店にいたのは、たった四半刻ほどだった。

梅吉のことが頭に引っ掛かり、お七との話が弾むことはなかった。

そんな丹次の様子を、お七は怪しんだかもしれない。

大きく息を吐くと、丹次は浜町堀の西岸を南へと、大股に足を向けた。

お杉の住まいは、『三六屋』から遠くはなかった。

小川橋の袂を右に曲がった先の住吉町に『八兵衛店《はちべえだな》』はある。

「ごめんよ」

『のこ　目立て　徳太郎《とくたろう》』と書かれた戸障子の中に、明かりが灯っていた。

中から戸を開けた徳太郎が、

「やっぱり丹次さんだ」

にやりと笑って、板の間で茶を飲んでいたお杉を振り向いた。

「突っ立ってないで、お上がりなさいよ」

お杉の勧めに従い、丹次は土間を上がった。

「夕餉は済んだので？」

「さっき、酒の肴を口にしたから、空きっ腹というわけじゃない」

丹次はお杉にそう返事をした。

「でも、飯が余ってるから塩結びにしようかね」

お杉が立ちかけると、

「そんなもんおれがこさえるから、お前、丹次さんにお寺の話を」

徳太郎は、お杉を座らせて土間に下りた。

「お寺の話というと」

丹次が、お杉を見た。

「三日前でしたよ、『武蔵屋』で奉公していた時分、台所にちょくちょく顔を出していた魚屋が死んだというので、葬られた湯島のお寺に行ったんですよ」

お杉はそう話を始めた。

湯島の寺に行って、真新しい墓標に手を合わせたお杉は、寺の山門を出てからふと足を止めたという。

「『武蔵屋』の菩提寺が、湯島から遠くない本郷の方にあることを思い出したんですよ」

お杉が口にした寺は、丹次も知っている。

本郷の台地を貫く往還にある、加賀、前田家の上屋敷の向かい側にある小路を入ったところが、菊坂台町である。

その小路の奥まったところにある寺が、『武蔵屋』の菩提寺だった。

そこには代々の当主とその家族の墓がある。

お滝と要三郎によって『武蔵屋』が傾いたと知って首を括《くく》って死んだ、丹次の二親もその寺に眠っているのだ。

「近くに来たんだし、久しぶりに旦那さんたちのお墓にお参りしようと思ったんですよ」

そう言って、お杉は小さく頷いた。

『武蔵屋』の当主たちの墓は、寺の本堂の裏手にあった。

何度か墓参りをしているお杉がその墓の前に立つと、花筒に夏の花が活けてあったという。

「『武蔵屋』のお墓に花が供えてありましたが、どなたが参って下すったか分かりませんか」

お参りを終えた帰り、寺の庫裏《くり》に立ち寄ったお杉は、住職に尋ねてみた。

今お供えしてある花は、誰が活けたかは知らないという答えだった。しかし、

「月に一度かふた月に一度、お参りになる女の方がおられますよ」

住職はそう付け加えたという。

住職が見かけたのは、半年前の一度だけだったが、境内を掃除する若い僧侶二人は、何度か見かけたということだった。

住職が見かけたのも、若い僧侶が見た女も、年のころは二十代半ばほどだった。

お杉は気になって、寺の人たちからその女の姿形を聞き出したのだが、台所女中をしていたお美津《みつ》などとは容貌が違っていた。

「なんとなく似ていると思うのは、佐市郎旦那の傍で世話をしていた小春なんです

が」

お杉の口から出た女の名を、丹次は何度か耳にした。

『武蔵屋』が人手に渡る一年前に、口入れ屋の斡旋《あっせん》で奉公に来た女だから、丹次は顔を合わせたことはなかった。

「お杉、おれは一度、その小春って女の行先を追いかけたことがあるよ」

小春を斡旋した口入れ屋を捜し当て、『武蔵屋』が人手に渡った後は、亀戸の料理屋に口を利いたことを知った。

丹次は先月、料理屋を訪ねて行ったのだが、火事を出したその店は亀戸にはすでになく、小春の足跡はそこで途切れてしまったことを、お杉に話した。

「はぁ」

お杉の口から、重苦しいため息が出た。

どこかで、猫同士が牙を剝いているような凄まじい咆哮《ほうこう》がした。

「さて、おれはそろそろ」

「握り飯、食べていきませんか」

徳太郎が、立ちかけた丹次に、握り飯を載せた皿を差し出した。

「これは、夜中腹が減った時のために取っておいた方がいいよ。おれは、途中、どこかで食って帰るさ」

土間の草履に足を通した丹次は、邪魔をしたなと手を上げて、お杉の家を後にした。


湯島切通町界隈に夜の帳《とばり》が下りていた。

梅雨時のせいか、夜気に湿り気がある。

雨が近いのかもしれない。

お杉と徳太郎には、途中なにか食べて帰ると言ったものの、この何日かの出来事をあれこれ考えているうちに、丹次は日本橋から歩き続けてしまった。

昼間も歩き回った体は汗臭く、一刻も早く井戸水を浴びたかった。

『治作店』の木戸を潜り、丹次は右側の棟の井戸端に近い家の戸を開けた。

暗い家の中に上がって、火打ち石を探していると、

「丑松殿」

路地に立った人影が、声を発した。

暗がりで顔は見えなかったが、姿形から、隣りに住む春山武左衛門に違いなかった。

「ちょっと、我が家へお出で下さらんか」

「へぇ」

訳が分からなかったが、丹次は素直に応じて、路地に出た。

先に立った武左衛門に続いて隣家の土間に足を踏み入れると、徳利を前にした庄太が、板の間でぐい飲みを傾けていた。

「いや、半刻くらい前に来たんだが、兄ィはいないし、どうしようかと思案してたら、ここで待てばいいと言っていただきまして」

庄太が、武左衛門を指し示した。

「春山さん、この男はですね」

丹次が口にしかけると、

「いやいや、庄太殿に伺いました。深川の木場の貯木場でともに働いていたとかなんとか」

「そうなんですよね」

同意を求めるように、庄太は丹次に顔を向けた。

「だいぶ、以前ですがね」

丹次は、苦笑いを浮かべて頷いた。

博徒の親分の元にいた兄弟分だとは、庄太はさすがに口に出来なかったようだ。

「体はもういいのかい」

丹次が聞くと、

「傷口は塞がったんで、もう大丈夫だよ」

庄太は大きく頷いた。

「なんでも、車を曳いていて、横合いから突っ込んで来た別の車とぶつかったとか」

そう口にした武左衛門が、眉をひそめた。

庄太は、怪我をしていたことも武左衛門に話していたようだが、やはり、博徒同士の刃傷沙汰でやられたことは伏せたようだ。

「動けるようになったからには、手伝わせてもらうよ」

庄太は、引き締まった顔でそう言った。

「手伝うというと、丑松殿はなにか仕事をお始めで？」

武左衛門に問われて、丹次は、恩人捜しだと打ち明けた。

佐市郎を捜していることについては、武左衛門にはすでに打ち明けて、兄の知人などに行方を聞きに行ってもらったことがあった。

「そうですか、恩人の行方はまだ知れませんか」

ため息交じりでしみじみと口にした武左衛門は、するめを歯で嚙み切った。

「だがな庄太、おれの今の稼ぎじゃ、おめぇの暮らしの面倒なんか見られやしねぇぞ」

「そんなこと、気にしなくていいんだよ」

庄太は、小さく片手を打ち振った。

「いいったって」

「実はね、浅草田町《たまち》の『多兵衛店《たへえだな》』は出ることにしたんだよ」

「出てどうするんだ」

丹次の声がいささか尖った。

「例のほら、幼馴染のおかねの勧めに従って、あいつのとこに厄介になることにしたんだ」

そう説明すると、照れたようにへへへと笑い、軽く丁髷《ちょんまげ》を撫でた。

「それに、働きたいなら働いてもいいけど、暮らし向きのことは心配しなくてもいいよなんてことも言いやがってさ」

庄太の目尻が、さらに下がった。

「だから、佐市郎さん捜しには、おれを使ってくれよ」

そう口にした庄太の顔からは、笑みが消えていた。

「助かるよ。手が欲しかったんだ」

丹次は、正直な思いを洩らした。そして、

「どうだい庄太、近くの飲み屋で一杯やろうじゃないか」

「いいね」

庄太は頷いた。

「春山さんもどうです。今夜は、おれの奢《おご》りですよ」

「では、お言葉に甘えまして」

武左衛門は、膝を揃えて頭を下げた。

三人は打ち揃い、『治作店』の木戸を出て行った。
今夜、庄太は、丹次の家に泊まることになるだろう。

第二話　肉薄

一

六つ（六時頃）の鐘は鳴り終わり、朝日もとっくに昇っていた。

鐘は、不忍池の水面を越えて届く、上野東叡山で打たれる時の鐘である。

湯島切通町にある『治作店』の我が家で、丹次はまだ起き出せずにいた。

目覚めてはいたのだが、体がだるく、薄縁に寝転んでごろごろしていた。

梅雨に入ってから十日以上経つが、昨夜はやけに蒸して、ろくろく眠れなかったせいもある。

月が六月に替わって、今日は既に六日である。

いつまでもごろごろ出来たのは、この日、仕事の口がなかったからだ。

腹もそれほど空いていない。

丹次の隣りに住む、『がまの油売り』をしている浪人、春山武左衛門は、感心なことに夜が明ける前に『治作店』を出て行った。

亀戸天神の境内が稼ぎ場なので、早出をしなければならないのだ。

訛りを恐れずに堂々と口上を述べるようになって、亀戸天神の『がまの油売り』は面白いと評判になり、売り上げを伸ばすようになってからというもの、自信に満ちた表情になっている。

武左衛門が家を出てからしばらくして、鋳掛屋の与助も仕事に出掛けた。

その姿を見かけたわけではないが、

「お稼ぎよ」

と、送り出す女房のお竹の声を聞いた。

湯島の台地の東斜面にある『治作店』は、まともに朝日を浴びる。

そのせいか、家の中に熱気が籠《こ》もり始めた。

起きるか――小さく声にして、丹次は体を起こした。

手拭いを手に、草履を引っ掛けて井戸端に向かった。

「あら、まだいらしたの」

顔を拭いていたお牧が笑みを向けた。

「今日は、仕事もありませんので」

丹次も笑みを浮かべると、釣瓶を落とした。

「それではお先に」

細い首を艶っぽく斜めに傾けて、どぶ板の嵌《は》まった路地の方へと向かった。

丹次と同じ棟のお牧の元には、時々、骨董屋を営む男が訪れている。

桶に注いだ水で、勢いよく顔を洗うと、心なしか体が引き締まった気がした。

顔を拭き、井戸水で嗽《うがい》をし終わった時、

「今、お目覚めですか」

木戸から入って来た男が、親しげな声を掛けた。

日本橋、竈河岸の住吉町に住むお杉の亭主、徳太郎だった。

道具の袋を肩に担いでいるところを見ると、仕事に出掛ける途中のようだ。

町々を歩き、声が掛かれば道の端で鋸《のこ》の目立てをするのが生業《なりわい》である。

「丹次さん」

そう口にした徳太郎が、慌てて後の言葉を呑み込み、

「丑松さん」

と、言い直した。

「お杉が、話があるから、ついでの時に顔を出してもらいたいと言っておりまして」

徳太郎は少し改まり、お杉の言伝《ことづて》を口にした。

「ついでの時にとは言ってましたが、早めに知らせたいことがあるようですがね」

「承知したよ」

丹次が返事をすると、それじゃと声を掛けて、徳太郎は木戸から出て行った。


小伝馬町から銀座の方へ向かう通りは、朝日を浴びていた。

日本橋と両国橋の間に位置する人形町一帯には、小商いの店や職人の家が多く、いつも活気があった。

刻限は、そろそろ五つ（八時頃）という頃合いである。

『治作店』を出た丹次は、天神石坂下の飯屋『田中屋』で朝餉を摂ってから、日本橋、住吉町を目指していた。

この日、丹次が朝から現れるとは、おそらくお杉は思ってはいないだろう。

とすれば、丹次に出す朝餉はないと踏んだ。

芝居小屋のある堺町《さかいちょう》、葺屋町《ふきやちょう》を右手に見て通り過ぎた。

とっくに芝居の幕は上がっているはずなのに、芝居町の通りにはいつもながら多くの人が群れていた。

住吉町の『八兵衛店』は、五軒長屋が二棟向かい合っており、左側の一番奥がお杉と徳太郎夫婦の家である。

住人の多くが仕事に出掛けた今時分は、どこの長屋もしんとしている。

「お杉さん、いるかい」

戸障子の開けられた戸口に立って声を掛けると、六畳間の奥の、八つ手の植わった坪庭からお杉が濡れ縁に上がった。

「うちのが寄って行きましたか」

そう口にしながら、六畳間にやって来たお杉が、

「とにかく、お上がんなさいよ」

と、丹次を促した。

「邪魔するよ」

声を掛けて土間を上がると、いい風が吹き抜けた。

「ここは、戸口から庭に風が吹き抜けて、夏はいいね」

丹次は、戸口から入り込んだ風も吹き抜けず、熱気が部屋に籠もる『治作店』の蒸し暑さと、つい比べていた。

「丹次さん、朝餉は」

「済ませたよ」

「そりゃよかった。朝からお出でになるとは思いもしないから、残り物もない始末ですよ」

お杉は、ほっとしたような口ぶりである。

丹次が湯島で朝餉を摂ったのは、明察だった。

「徳太郎さんが言うには、なにか話があるらしいじゃないか」

「麦湯ですが」

丹次の前に湯呑を置くと、向かいに座ったお杉が少し改まった。

「どんな話だい」

湯呑を手にして、丹次がやんわりと促した。

「昨日、佃煮やらを買いに室町に出掛けたんですよ。そしたら、『越後屋』の近くで、ばったり、お美津と会ったんです」

お杉が口にしたお美津というのは、丹次の生家『武蔵屋』で、お杉とともに台所女中をしていた女である。

兄の佐市郎の行方や、兄嫁のお滝と番頭だった要三郎の行方をお杉を通じて聞いたことがあったが、お美津からは知らないという返事があった。

「お美津は今、本石町の『八百春《やおはる》』という料理屋でお運びの女中をしてるんです。そこの番頭さんの用事を言いつかって外に出たとこで、わたしとばったり」

「うん」

丹次が頷いた。

「その時、お美津が、先月の末に『八百春』の客として来た中に、佐市郎旦那の嫁だった、お滝に似た女を見かけたというじゃありませんか」

お杉の話に、思わず声を上げそうになった丹次だが、言葉が出なかった。

「ただ、それがお滝かどうか、自信はないと言うんですよ。『武蔵屋』にいた時分、たいして顔を合わせたわけじゃないと言いましてね。『八百春』で見かけた時も、どこかで見た顔だくらいにしか思わなかったらしいんです。もしかしたら、佐市郎旦那の嫁だったお滝かもしれないと思ったのも、二、三日経ってからだと言ってました」

「奉公人が、当主の女房と滅多に会わないということがあるのか」

丹次は、眉をひそめた。十五を過ぎた辺りから外で遊び惚《ほう》けていた丹次は、『武蔵屋』の内情はよく分かっていなかった。

「他所《よそ》じゃあ考えられませんが、あの時分の『武蔵屋』は、そんなもんでしたよ」

お杉は、ため息をついた。

佐市郎の女房になったお滝が、台所に顔を出したことは一度もなかったという。

『武蔵屋』の嫁といいながら、芝居や買い物、物見遊山に出掛けてばかりいた。

しかも、当主の家族のことは奥の女中の務めだった。

従って、若い台所女中が奥の方に上がることはなく、なにか用がある時は、台所女中頭のお杉が呼びつけられて、奥の意向を伺っていた。

「それに引き比べ、佐市郎旦那はちょくちょく台所にも顔をお出しになって、わたしらと一緒にお茶を飲んで、世間のいろんな話をして下すったけどね」

お杉は、しみじみと口にして、

「ですから、お滝の顔なんか、店の表でたまたま見かけるくらいでしたから、ちゃんと覚えてはいないって、お美津がそう言うのも無理はありませんよ」

お杉は、顔を曇らせた。

「そのお美津さんに、会ってみたいんだがね」

「でも、お美津は丹次さんの島送りのことを知ってますよ」

お杉が声をひそめた。

丹次は、台所のお美津と顔を合わせた覚えはあるが、今や、その顔付きを思い出せない。だからと言って、お美津が丹次の顔を忘れているとは限らない。

やはり、直に会うのは剣呑である。

「おれは面を出せないが、亥之吉が会いに行けば、なにか話をしてくれるんじゃないかね」

丹次は、亥之吉とお美津が『武蔵屋』の元奉公人同士だったということに、一縷《いちる》の望みをかけた。

「お美津さんには、お杉さんから、近々、亥之吉が話を聞きに行くと一言伝えておいてもらいたいんだが」

「分かりました。今日にでも出向いてみます」

お杉は、頷いた。


住吉町のお杉の家を後にした丹次は、菅笠を被って神田佐久間町に足を向けた。

佐久間町には、亥之吉が下っ引きを務める、目明しの九蔵の住まいがある。

日本橋界隈を歩けば、どこで顔見知りと会うかもしれず、丹次は菅笠か手拭いで顔を隠すことを忘れなかった。

小伝馬町の牢屋敷の手前を左に曲がって、日本橋本石町に差し掛かったところで、丹次はふと、口入れ屋『藤金』に立ち寄る気になった。

『藤金』は、神田下白壁町にあって、佐久間町へ行く途中にある。

人を捜しながら、自分の暮らしも立てなければならない身の上であった。

『藤金』の戸障子は開かれ、戸口では紺色の暖簾が小さく揺れている。

「お、いいところへお出でになった」

帳場で顔を上げた藤兵衛《とうべえ》が、土間に入った丹次に笑みを向けた。

「なにかありますか」

丹次は、帳場近くの上がり框《がまち》に腰を掛けた。

「江戸参勤を終える大名家が、江戸を発《た》って信濃の領地にお帰りになります」

藤兵衛は、帳面を捲《めく》った。

四月から七月が、参勤交代の時節である。

参勤交代に要する大名の供揃えの人数などは、石高によって決められている。

だが、財政に困窮する小藩や遠国《おんごく》の藩は、道中に掛かる経費節減のため、同行する人数を極力抑えた。

とは言え、江戸から離れた道中ならともかく、江戸府内ではお家の体裁を整えておかねばならない。

それで、江戸へ入る時と出る時だけ、頭数を揃えるという妙案を思いついたのだ。

どの大名家も、江戸へは五街道を経て、四宿と呼ばれる、品川、板橋、千住、内藤新宿に至る。

そこで、あらかじめ雇い入れていた日雇いの人足を列に加え、江戸に入ることにしたのだ。

江戸を離れる時は、上屋敷に日雇いの人足を集めて体裁を整え、江戸府内を行列して四宿に着いたところで彼らを解き放ち、身軽になって領国へと向かう。

その人足を調達するのが口入れ屋の仕事だった。

「その仕事は、いつでしょうか」

「三日後の、九日ですな」

藤兵衛が、帳面から顔を上げて、

「その日の早朝、八つ半（三時頃）までにここにお出で下さい」

と、笑みを向けた。

丹次は、信濃国、高島藩諏訪《すわ》家の行列に加わる人足になることを請け負った。

口入れ屋『藤金』を出た丹次は、その足を神田佐久間町へと向けた。

神田川に架かる和泉橋《いずみばし》を北へと渡った辺りが佐久間河岸と呼ばれるところである。

道の角で商いをする桶屋で、目明しの九蔵の家を聞くと、

「小路を入って、二本目の道を左に行けば、九蔵と書かれた障子があるよ」

箍《たが》を叩いていた桶屋の職人が教えてくれた。

教えられたとおりに歩を進めると、通りに面した家に、『九蔵』と書かれた戸障子を見つけた。

「ごめんなさい」

戸口に立って声を掛けた。

「はい」

と、女の声がして、開いた戸障子から三十代半ばほどの新造が顔を覗かせた。

「わたしは丑松と申しまして、こちらの親分の下っ引きをしている亥之吉とは古い顔馴染みで、今日はちと用事があって訪ねて参りました」

「それはご丁寧に。ですが、うちのは今日、御用の筋はありませんので、亥之吉は長屋にいると思いますがね」

女の口ぶりから、九蔵の女房であろう。

亥之吉の住まいを尋ねると、佐久間町からほど近い、神田八名川《やながわ》町の『小助店《こすけだな》』

だと教えてくれた。

礼を言って踵《きびす》を返すと、丹次は神田川の北岸を大川の方に向かった。

新《あたら》シ橋の袂を過ぎて一町（約百九メートル）ばかり行ったところで、小路を左に折れた先が神田八名川町だった。

『小助店』の木戸を潜ると、井戸端の物干し場に見覚えのある男の横顔があった。

「よう」

丹次が声を掛けると、物干し竿に下帯を掛けていた亥之吉が意外そうに眼を見開いた。

「亥之吉さんに、ちと頼みたいことがあってね」

と、九蔵の家で住まいを聞いて来たのだと付け加えた。

お滝に似た女を見たというお美津に会って、詳しい話を聞き出してもらいたいのだと、丹次は片手で拝んだ。

「分かりました。お美津さんが『八百春』で奉公してるのは知ってるし、今日のうちに都合を聞きに行ってみます」

亥之吉の言葉が、心強く響いた。

二

日本橋本石町の、時の鐘がある櫓《やぐら》の北側には、城の御堀から東に延びた竜閑川が流れている。

その川からほど近い本銀町《ほんしろがねちょう》の茶店の縁台に、菅笠を被った丹次が腰掛けていた。

建物の外だが、頭上には日除けの葭簀《よしず》が掛かっていた。

ほどなく五つ半（九時頃）になろうという刻限である。

茶店から、竜閑川に架かる今川橋が見通せて、橋の袂に佇む亥之吉の姿が望めた。

「丑松さん、お美津さんと、明日の朝会う段取りがつきました」

湯島切通町の『治作店』にやって来た亥之吉が、丹次にそう伝えたのは、昨日の夕刻のことだった。

丹次は、夕餉はまだだという亥之吉を誘って、湯島天神門前町の居酒屋に入った。

『治作店』の住人、春山武左衛門と飲み食いをした『蔦屋《つたや》』という店である。

丹次はそこで、亥之吉にお礼の酒を振る舞うことにした。

「昼間、『八百春』に行って、女中のお美津さんに会いたいと頼むと、店の男衆は露骨に嫌な顔をしましてね。それでまぁ、困ったふりをして体を回したら、とたんにぺこぺこして、すぐに呼びますなんて言いやがって。腰の後ろに差していた十手が効いたようです」

料理を摘まみながら、亥之吉は丹次に笑いかけた。

その後、お美津と会った亥之吉が、お滝らしい女を見たことについて詳しく知りたいと口にすると、

「店に出ると抜け出すのは難しい」

お美津はそう答えた。

だが、『八百春』に出るのはいつも四つ（十時頃）なので、その前なら話は出来ると言い添えた。

「お美津さんとは、明日の朝五つ半に、今川橋の南にある『小梅《こうめ》』という菓子屋で待ち合わせることにしましたから、丑松さんも是非一緒に」

亥之吉にそう誘われたが、丹次は困った。

「おれが、お滝や要三郎捜しをしていることは、まだ周りには黙っているんだよ。

なにか目途《めど》が立つまで、大っぴらにはしたくなくてね」

丹次が尻込みの訳を話すと、

「だったら、以前、『武蔵屋』の女中だったおたえと会った時みてぇに、少し離れて話を聞いていれば、よかぁありませんか」

亥之吉の提案を受け入れた丹次は、一足先に『小梅』の客になっていたのである。

今川橋の袂に立つ亥之吉の傍に、鶯《うぐいす》色に黒の片滝縞《かたたきじま》の着物を着た、二十七、八の女が近づいた。

顔に覚えはないが、おそらくお美津だと思われる。

亥之吉は二言三言なにか言葉を掛けると、お美津と思しき女を伴って来て、丹次の背後にある縁台に掛けた。

「お出でなさい」

店の中から出て来た小女が、亥之吉たちの前に立った。

「お美津さん、好きなもんをどうぞ」

亥之吉は口に出して、女の名前を丹次に聞かせた。

「それじゃ、わたしは羊羹《ようかん》を」

「あっしは、甘酒だな」

二人の注文を聞くと、小女は店の中に引っ込んだ。

「昨日は間がなくてちゃんと話せませんでしたが、あっしは昔、『武蔵屋』に奉公していた時分、佐市郎旦那にはよくしてもらったもんですから、その後の行方が分からないというのがなんともやるせないんですよ」

「わたしもおんなじだよぉ。佐市郎旦那は、大分、眼を悪くしておいでだったから、余計心配でさぁ」

お美津は、亥之吉に頷いた。

「佐市郎旦那の行方も知りたいし、『武蔵屋』を食い物にして逃げたお滝や要三郎を捜し出して、恨み言のひとつも言いたくて、ちょっとしたことを頼りに、こうして話を聞いて回っているんですよ」

亥之吉は、丹次が以前吐露したような心情を、お美津に投げかけた。

「恨み言のひとつも言いたいのは、わたしもですよ、亥之吉さん」

お美津は真顔で頷いた。

「おまちどおさま」

小女が、羊羹と甘酒を運んで来て、亥之吉とお美津の間に置いて奥に引き返して行った。

「遠慮なく、どうぞ」

亥之吉から勧められたお美津は、羊羹の皿を手に取って、

「いただきます」

と、一口齧《かじ》った。そして、美味そうに飲み込むと、

「わたしが見かけた女の人が、本当にお滝かどうか自信が持てなかったんですよ。それで、お杉さんに話をした後、『八百春』の古い女中さんに聞いて回ったんです」

お美津は、亥之吉に、一気に切り出した。

「そしたら、その女は内藤新宿の先の布田《ふだ》というところから江戸に来る、旅籠の女将さんだということでした」

お美津は更に、その女将は一年くらい前から、月に一度は江戸にやって来て、『八百春』の料理を食べるらしいと口にした。

「女の名はなんというのかね」

「それが、女中さんたちは知らないっていうんです」

そこでまた羊羹を一口食べて、お美津は続けた。

番頭なら女の名を知っているのだが、客の中には高貴な向きもある『八百春』では、たとえ奉公人であっても、常連のことをあれこれ口にするのは禁じられているらしく、お美津は聞き出すのを諦めた。

「ところが昨夜、仕事が終わってから他の女中さんたちとお茶を飲んでる時、布田から来る女の人の話になって、誰かが言ったんです。あの人は、もともとは江戸の生まれ育ちで、生家は芝の昆布問屋らしいって」

お美津が亥之吉にそう告げた時、背を向けて茶を飲んでいた丹次は思わず手を止めた。

芝の昆布問屋に、心当たりがあった。

お滝の生家は、芝、浜松町一丁目の昆布問屋『蝦夷《えぞ》屋』である。

五月の初め、丹次は名と素性を騙《かた》って『蝦夷屋』に行き、かつてこの店の手代だった要三郎の行方を尋ねたばかりだった。

「布田の旅籠は、何というのだろうね」

亥之吉が、お美津に尋ねた。

日ごろからお調べに関わる下っ引きらしく、聞き方に遺漏《いろう》はなかった。

「それは、他の女中さんたちも口にしてませんでしたねぇ」

お美津は、済まなそうに声を低めた。

「いや、お美津さん、いろいろと助かりましたよ」

亥之吉が、お美津に頭を下げる気配がした。

「それじゃ、ご馳走様」

お美津は、下駄の音をさせて菓子屋から表の通りへ出て、室町の方へと歩き去った。

奉公先の『八百春』は本石町三丁目だから、すぐそこである。

「どうでした」

亥之吉が、丹次のいる縁台に移って来た。

「いろいろ助かったよ。これはほんの気持ちです」

丹次は、用意していた紙包みを亥之吉の脇に置いた。

「丑松さん、こんなこと」

「遠慮するような額じゃないから」

紙包みをさらに押しやると、それじゃと、亥之吉は頭を下げて受け取った。

「お美津さんが見かけた女は、どうも、お滝だと思うね」

「そうですか」

亥之吉が、眼を見開いた。

「それを確かめに、布田の方に行ってみるつもりだよ」

菓子代を置いて、丹次が表通りに出ると、

「あっしも手伝えればいいんだが」

亥之吉は申し訳なさそうな声を発して、丹次と向き合った。

「いやぁ、亥之吉さんには、もう十分手伝ってもらったから、あとは、こっちで調べてみるよ」

「なにかあったら、いつでも声を掛けてもらいてぇ」

亥之吉は丹次を見て、小気味よく頷いた。

その時はと返事をして、丹次は亥之吉と別れた。


夏の大川は、遅くまで多くの明かりが揺れる。

川の両岸に建つ商家や納涼の屋根船の明かりが、水面に映るのだ。

丹次は、お美津の話を聞いた日の夜、大川の東岸を南本所へ向かっていた。

五つ（八時頃）の鐘が鳴ったばかりである。

大名屋敷が建ち並ぶ大門通りは、御米蔵もある武家地ということもあって明るさに乏しいが、川面に停泊している多くの屋根船の明かりがかすかに届いていた。

丹次は、ここへ来る前、深川、仙台堀の博徒、利兵衛《りへえ》の家に行き、子分の蟹助《かにすけ》に会った。遠島の刑を受ける以前に江戸で知り合った重次郎が利兵衛の子分で、蟹助は重次郎の弟分だった。

島抜けをして江戸に舞い戻ったばかりの頃、訪ねた蟹助から千住の賭場に口を利いてもらったことがあった。

その時、本所にも顔の利く賭場があると聞いていたのを思い出し、日暮れてから訪ねたのだ。

「場所は、南本所石原町《いしわらちょう》の仕舞屋《しもたや》だよ」

蟹助は、細かな道すじまで教えてくれた。

津金《つがね》の長七《ちょうしち》という本所の博徒が仕切っている賭場だった。

入堀に架かる石原橋の手前を右に曲がってまっすぐ進むと、堀が切れた辺りは道が四方に延びていた。

上総国《かずさのくに》、久留里《くるり》藩、黒田淡路守《あわじのかみ》家下屋敷の裏手が、南本所石原町である。

周囲は大方が武家地で、常夜灯の明かりがわずかに灯る侘《わび》しい町だった。

蟹助に教えられた通り、小路に入って五軒目の仕舞屋の表に立った丹次は、閉め切られた潜り戸を軽く叩いた。

カタリと閂《かんぬき》の動く音がして、中から戸が少し開いた。

「なにか」

首だけを外に出した男が、小声を掛けた。

「仙台堀の利兵衛親分のお身内、蟹助さんに聞いて伺いました」

声を低めて丹次が言うと、中の男が外に出て来て、

「どうぞ」

と、中を指した。

指図通り中に入ると、そこは明かりのない土間だった。

背後で門のかかる音がした。

「履き物をお脱ぎになって、お上がりを」

潜り戸を開けた男が、丹次の傍に立った。

「こちらへ」

土間を上がると、男が先に立って鉤《かぎ》の手に曲がる廊下を進んだ。

廊下の両側の障子は閉められているが、部屋の明かりが障子紙から洩れ出ている。

男は、障子を開くと、入るよう手で促した。

丹次が入った部屋は八畳間で、人足や職人たち十人ほどが、小銭を賭ける一転《ぴんころ》がしや大目《おおめ》小目《こめ》で熱くなっていた。

「お客人は、丁半になさいますか」

「そうしよう」

男に聞かれて、丹次はそう返事をした。

この夜、丹次は金を稼ぐ目的があった。

口入れ屋の稼ぎでは間に合わない額の金を、今夜中に手に入れたかった。

そのためには、大金の張られる盆茣蓙《ぼんござ》の丁半博打がよい。

取りあえず、手持ちの一両を駒札に換えて盆茣蓙の張り手が空くのを待つことにした。

丁座と半座にそれぞれ六人の客がいる。

芸者を伴った商家の主らしい男もいれば、近くの武家屋敷の中間《ちゆうげん》たち、遊び人風の男たちやお店者《たなもの》らしい男と、実に様々な連中が盆茣蓙を囲んでいた。

「半座が空きました」

胴元近くに控えていた若い衆が、片隅で振る舞い酒を飲んでいた丹次に声を掛けた。

この賭場は、壺を振る中盆の側に半を張る半座があり、その向かい側が丁座となっている。

丹次は、半座の一番端に座った。

すぐに丁半博打が始まった。

初手は多くを張らず、まずは、場の様子を見ることにした。

いかさまがあるのか、それはどんな手口なのかを見極め、胴元が送り込んだ張り手が客の中にいるかいないかを見つけるのが先決である。

胴元が送り込む張り手は、壺振りと組んで勝ったり負けたりを繰り返し、金を持っていそうな客が、最後に大きな賭けに出るよう操る役割だった。

なにも知らない客に大金を張らせたら、壺振りはいかさまを駆使して胴元が送り込んだ張り手を勝たせるのだ。

送り込んだ張り手が勝つと、その金を密かに受け取った胴元は、それ相当の礼金を張り手に渡すことになっている。

少額の札を張って五度負けた丹次は、胴元が客の中に送り込んだ張り手は、丁座に座った三十代半ばの、目元に黒子《ほくろ》のあるお店者風の男だと目星をつけた。そして、狙われているのは、芸者を伴った商家の主らしい客だと思われた。

狙った相手から金を巻き上げられるかは、いかさまを駆使する壺振りの腕次第である。

丹次は、壺振りの壺に、毛返しの細工があることを見抜いていた。

それが分かれば、黒子の男の張り方を見ていればよい。

黒子の男が駒札を少なく置いた時は、賽子《さいころ》の目は半で、多く出した時は丁の目が出る確率が高いはずだった。

丹次は、黒子の男と真逆の張り方をして、立て続けに三度勝った。

二人連れの遊び人風の男たちは、ことごとく負け、逆目が出るたびに舌打ちをしたり、唸り声を上げたりして、こめかみに青筋を立てた。

あまりにも勝ち続けると、胴元からも客からも不審がられる恐れがあり、丹次は勝ったり負けたりを繰り返しながら、一刻ほどで六両（約六十万円）以上を手に入れた。

「これは皆さんに」

換金を終えた丹次は、手にした金の中から二分（約五万円）を胴元の前に置いて盆茣蓙の部屋を出た。

「お客人」

薄暗い廊下に出た丹次に、声が掛かった。

胴元が、若い衆を連れて部屋から出て来た。

「おれは、津金の長七だが、兄さん、綺麗な遊び方をしなさるねぇ。感心したよ」

「恐れ入ります」

丹次は、深々と腰を折った。

その時、負けの込んでいた二人の遊び人風の男が、足音を荒らげて入り口の方へ立ち去った。

「若い者に聞けば、仙台堀の利兵衛さんの身内、蟹助さんの口利きだそうだね」

「へい。ですが、もともとは、蟹助の兄貴分、重次郎さんと古い馴染みでして」

丹次は、丁寧に説明した。

「おう。だが、重次郎はたしか、去年」

長七が首を捻った。

「へぇ、島流しに遭った重次郎さんとは、八丈島で顔を合わせまして」

忌憚《きたん》なく打ち明けた丹次だが、ご赦免になって、この春江戸に戻ったのだと偽りを口にした。

「どこかの親分の世話になっていなさるのかい」

長七は、丹次を博徒と見たようだ。

「いえ。わたしは、ただの船乗りでして、陸《おか》に揚がると、こういうところで遊ばせていただいております」

「また、遊びに来な」

長七からそんな声が掛かり、丹次は賭場を後にした。

三

大川端に出ると、南本所石原町一帯よりも明るさを感じた。

先刻、雲に隠れていた月が顔を出している。

石原橋から大川の東岸を北へ向かっていた丹次は、背後から近づく足音に気付いていた。

長七の賭場を出た辺りから、誰かに付けられている気配があった。

背後の足音が、突然駆け出して、丹次の行く手と背後に立って挟んだ。

先刻、舌打ちをしながら賭場の廊下を去って行った、遊び人風の二人だった。

「なにか用か」

丹次は、穏やかな声を出した。

「おめぇ、さっきの賭場じゃ大分勝ったようだな」

男が、にやりと笑って袖を捲《まく》り上げると、左腕に彫り物が見えた。

「全部とは言わねぇから、少しおれたちに回してくんねぇか」

頰に傷のあるもう一人の男が、懐に手を差し入れて、匕首《あいくち》をちらりと覗かせた。

「お前らに回すようなものはなにもないがね」

丹次は、落ち着いた口調でゆっくりと二人を見た。

「金を出せって言ってるんだよ」

彫り物の男が、焦《じ》れたように声を荒らげた。

「それなら、断わる」

「ほう、いい度胸してるじゃねぇか。だったら、腕ずくだ」

彫り物の男が、喚《わめ》くと同時に匕首を抜いた。

緩慢な動きを察知した丹次は、相手が構える前に懐に飛び込むと、彫り物の男の手首を摑んで捻り、匕首を奪い取った。

咄嗟に匕首を抜いた頰に傷のある男の動きは鋭かった。

風を切る音をさせて、丹次に匕首を振り下ろした。

肩口近くに匕首が近づくまで待って、丹次が、突如体を躱《かわ》すと、相手は目標を失って前方に流れ、体勢を崩した。

それを見た丹次は、相手の右腕に匕首を振り上げた。

シュッと音がして、袖口から伸びた相手の肘《ひじ》の下の肉が、少し裂けた。

男の手から匕首が落ちた。

足を踏ん張って立ち止まった傷のある男は、眼を丸くして丹次を振り返り、匕首を奪われた男は、口を半開きにして茫然と突っ立っていた。

「おめぇ、なにもんだ」

頬に傷のある男の口から、呻くような声が洩れた。

丹次には、島流しの刑に遭う以前、匕首を持たせたら敵なしという評判が立っていた。

眼にも留まらぬ早業を繰り出すということから、夜がらすの丹次という名で呼ばれたこともあった。

だが、そんな二つ名を口にすることは出来ない。

島送りになった男が江戸にいると知られれば、ことは厄介である。

男二人の足元に匕首を放ると、丹次はなにも言わず大川橋の方へと急いだ。

浅草寺裏の浅草田圃《たんぼ》が白々と明け始めた。

丹次は、田圃道を六軒町の方へ向かっていた。

七つ（四時頃）を少し過ぎた刻限である。

南本所石原町の賭場で一儲けした後、浅草寺門前の旅籠に泊まったのだ。

おかねの長屋で寝泊まりをすることにした弟分の庄太に、頼みたいことがあった。

昨夜、湯島切通町の『治作店』に戻って、明くる朝出て来るよりは、浅草に泊まる方が手間が省けてよかった。

おかねが住む長屋は、吉原遊郭の南の六軒町にある。

二棟向かい合う六軒長屋の、左棟の一番奥だということは、以前、おかねに案内された時に覚えた。

戸口に立って、軽く戸を叩いた。

中から返答がなく、三度叩いてやっと、

「誰だ」

寝ぼけたような庄太の声がした。

「朝早くからすまねぇ、おれだ」

小声を出すと、中から戸が開いて、はだけた寝巻姿の庄太が眠たそうな顔を出した。

「すまん」

土間に足を踏み入れると、丹次は戸を閉めた。

「なにごとですか」

板の間に敷いた薄縁を奥に押しやると、庄太は上がるよう掌で促した。

隣りに敷いた薄縁に寝ていたおかねが、うっすらと眼を開けて、

「丑松さんかぁ」

と、口にして、すぐ眼を閉じた。

「こいつ、ゆんべ遅くまで仕事してたんで、寝かしたままでいいですか」

「あぁ。構わないさ」

丹次は、向かいに座った庄太に頷くと、兄の佐市郎の嫁だったお滝の手がかりが摑めそうだと口にした。

かつて『武蔵屋』の台所女中をしていたお美津が、お滝に似た女を見かけ、その女の生家が芝の昆布問屋らしいということまで分かったと打ち明けた。

「おれは、布田の旅籠の女将という女が、お滝だと思えて仕方がねぇんだ」

丹次は、静かに言い切った。

「すぐにでも布田に行って捜し回りたいところだが、生憎明日の朝早く、口入れ屋の仕事を請け負っていて、身動きが取れねぇんだ」

「分かった。兄ィの代わりに、おれがその女の居所や素性を確かめりゃいいんだな」

庄太は呑み込みが早かった。

一日で片付くものなら丹次が行ってもよかったが、お滝捜しに何日掛かるか予想も付かない。

「ただ、闇雲に捜し回るようなことにはならないぜ」

丹次はそう言うと、小さく頷いた。

布田の旅籠『布袋屋《ほてい》』の台所で働くお鶴《つる》のことが頭にあった。

流刑先の八丈島で知り合った、久《く》が山《やま》の猟師、甚八《じんぱち》の娘である。

先月、お鶴を尋ね当てた丹次は、ご赦免で八丈島から戻ったと言い、お鶴の奉公先の旅籠で対面していた。

「布田で大っぴらに捜せばお滝に気付かれて、妙な具合になるかもしれねぇから、旅籠『布袋屋』に泊まって、まずは、そのお鶴から聞き出すのがよさそうな気がするんだ」

丹次が説明すると、

「そうしてみるよ」

眠気の覚めたような顔をして、庄太は頷いた。

「お滝の傍には、要三郎って野郎もいるはずだから、その男がどこにいて、どんな暮らしをしているかも確かめてくれ」

「分かった。朝餉を摂ったら、すぐに発つよ」

庄太が、凛々《りり》しく頷いた。

丹次は、庄太の前に小判二枚を置いた。

「二両（約二十万円）あれば、当分居続けても困るめぇ」

「二両も」

庄太が、眼を白黒させた。

「えっ、二両」

寝ていたおかねが、ばね仕掛けのように体を起こして、床の小判に顔を近づけた。

「ほんとに二両だ」

呟いたおかねの眼の前にある二両を、庄太が摘まみ上げた。

「旅籠代はたいしたことはねぇが、要三郎のことを探るのに、布田近辺の居酒屋や博打場に出入りして噂を聞く手もあるだろうから、その元手だ」

「なるほど。けど、兄ィ、よくもこんな大金」

庄太が、手にした二両に心配そうな眼を向けた。

「おれが、押し込みにでも入ったと思うのか」

丹次はふふと笑い、昨夜、賭場に行って六両以上も儲けたのだと言って聞かせた。

「庄太を布田に行かせて、おかねさんに寂しい思いをさせるが、これで勘弁してくれ」

丹次は、おかねの前にも二分を置いた。

「ええっ、あたしにまで？」

おかねが、二分を手にして、襟のはだけた胸に嬉し気に押し付けた。

「兄ィ、すまねぇ」

「なぁに」

丹次は、片手を打ち振った。

浅草六軒町のおかねの長屋に庄太を訪ねた翌日の六月九日。

夜中に目覚めた丹次は、湯島切通町の『治作店』を出ると、神田下白壁町へと出掛けた。

半刻も掛からず、約束の八つ半より前に、口入れ屋『藤金』に着いた。

流石《さすが》に暖簾は掛かっていなかったが、閉め切られた障子戸の中には明かりがある。戸を開けて土間に入り込むと、行灯の明かりに照らされて、帳場の近くで着替えをする五人の男たちの姿があった。

帳場の奥の戸も開け放たれており、大名家の中間や奴、陸尺などが着るお仕着せに着替えた男が三、四人、行き交っていた。

「お、来ましたね」

奥の廊下から帳場に現れた藤兵衛が、土間に立った丹次に眼を留めた。

「丑松さんには中間になってもらいますから、これに着替えて下さい」

藤兵衛は、帳場格子の傍に置いてあったお仕着せを指し示すと、忙《せわ》し気に奥へと消えた。

帳場に上がった丹次は、急ぎ着流しの着物を脱いだ。

近くで着替えをしている男たちは、裾が膝上までの着物に脚絆《きやはん》をつけたり、尻《しり》っ端折《ぱしょ》りをしたりとまちまちだったが、大方が人足の装《な》りであることに違いはなかった。

奥から出て来た男の一人は、体格からして、乗り物を担ぐ陸尺を務めるに違いない。

中間の恰好をする丹次は、鋏箱《はさみばこ》持ちか槍持ちだろう。

大名の参勤交代にしろ、江戸府内での行列にしろ、人数の三分の一はその日限りの日雇い人ということだから、行列が重なればどこの口入れ屋も大わらわに違いない。

行列に揃える人足の数は、石高によって決まっており、五万石なら、足軽は六十人、人足に至っては百人を揃えなければならなかったから、大名家はどこも四苦八苦しているようだ。

口入れ屋『藤金』で着替えを済ませた十人すべてが、信濃国、高島藩諏訪家の帰国の列に加わることになっていた。

主の藤兵衛が前夜から用意していた握り飯を食べ終えると、丹次は他の者たちとともに『藤金』を後にした。

信濃の諏訪家上屋敷は、城の東、木挽町《こびきちよう》の采女《うねめ》ヶ原《はら》明き地の隣りにあった。

丹次たちは半刻足らずで上屋敷に着き、開け放たれた表門から篝火《かがりび》の焚かれた屋敷内に入った。

整然と待つ家臣団に交じって、おそらく、府内の多くの口入れ屋から集められた人数も加わり、行列の支度は大方整っていた。

あとは藩主のお出ましを待つだけのようだった。

増上寺から、七つ（四時頃）を知らせる時の鐘が届いたのを潮に、藩主が乗り物に乗り込み、諏訪家三万石の行列はおもむろに動き出した。

丹次は、藩主の乗り物のはるか後方を行く鋏箱持ちだった。

屋敷を出た行列は、虎御門、赤坂御門を経て、外堀通り沿いに西へ向かった。

城を半周するように四谷御門に進み、甲州街道へと向かうものと思われた。

大人数の大名行列ともなると、進み具合はかなりのろい。

藩主の乗った乗り物もあり、多くの荷物も運ばなければならない上に、江戸府内は走ってはならない決まりがある。

諏訪家の行列が、内藤新宿の追分《おいわけ》から甲州街道へと進んですぐの天竜寺の境内に着いた時、朝日はとっくに昇っていた。

「暫時《ざんじ》休息」

組頭らしい何人もの家臣たちの声が、境内に飛び交った。

「天竜寺の境内に着いて、休息となったら、皆さんは列を離れて戻って来てもらいます」

口入れ屋を出る間際、『藤金』の主、藤兵衛からそう言われていた。

丹次ら、『藤金』から派遣された者たちは声を掛け合い、ぞろぞろと寺の境内を後にした。

境内から出たのは『藤金』の者だけではなかった。

足軽や人足になっていた多くの日雇いの連中が甲州街道に溢れ出た。

江戸府内を出たからには、この先、大名家の体裁を整えなくても構わないということなのだろう。

天竜寺から追分の方に向かっていた丹次が、ふと足を止めた。

甲州街道の先の布田には、昨日のうちに庄太が行っている。

ここから四里（約十六キロメートル）ほどだから、昼前には行きつける道のりだった。

このまま布田に向かおうかと迷った時、

「追分で飯でも搔《か》っ込むか」

すぐ横を通り過ぎて行く、人足の装りをした何人かの男どもの口から、そんな声が上がった。

追分の方へは、他の口入れ屋から集められた男どもも、ぞろぞろと向かっている。

ふと、追分という言葉が、丹次の頭に引っ掛かった。

江戸周辺に追分はいくつもあって、特段、耳新しくはなかったが、なにか気になる。

思案して立ち止まっていた丹次の眼に、街道を行く浪人の姿が飛び込んで来た。

あっ——腹の中で叫んで思い出したのは、『がまの油売り』を生業にしている

『治作店』の住人、春山武左衛門のことだった。

「それがしは一度も顔を合わせたことはないが、内藤新宿の追分に近い、天竜寺門前町には、亀戸の長蔵《ちょうぞう》親分をはじめ、両国、板橋の、三人の香具師の親分を束ねる、いわば大親分がいるそうだ」

以前、武左衛門からそんな話を聞いたことがあった。

天竜寺門前の元締は金蔵《きんぞう》といって、甲州街道の府中の辺りにまで息のかかった者を配しているとも口にした。

「金蔵親分には、追分の金蔵という二つ名もあるそうだ」

武左衛門から聞いた話の内容が、妙に胸につかえていた。

四

甲斐やその先の信濃へも通じる甲州街道は、多くの旅人や荷車が行き交っていた。

天竜寺門前の飯屋で朝餉を摂った丹次は、高札の前で足を止めた。

「香具師の金蔵親分の家を知ってるなら教えてもらいたい」

朝餉を摂った後、飯屋の親父に尋ねると、

「高札場の手前を左に入ると、すぐ分かるよ」

そんな声が返って来た。

玉川上水に架かった小橋を渡り、小路を進むと、戸障子と軒から下がった看板に、丸に金と書かれた印を見つけた。

金蔵の家を示すものだと思われる。

ゆっくりと通り過ぎた時、背後で戸の開く音がした。

さり気なく振り向くと、金蔵の家の戸が開いていて、中から数人の男たちが出て来た。

丹次は、少し先の丁字路を左に入ったところに身を隠した。

「元締、ゆんべは大層ご馳走に与《あずか》りまして」

金蔵の家の前から、そんな声が届いた。

菅笠を被ったまま、角からそっと覗いた丹次は、眼を凝らした。

五十を少し出た恰幅のいい男に何度も頭を下げているのは、初音の梅吉だった。

その脇に控えているのは梅吉の子分で、総髪の髪を頭の後ろで束ねた男と、坊主頭の男である。

「そこまで送ろう」

恰幅のいい男がだみ声を発した。

「元締にそんなことをされちゃ、こっちの身が細ります。どうかここで」

梅吉が片手を伸ばして、腰を折った。

恰幅のいい五十男が、どうやら元締の金蔵のようだ。

「それじゃ」

声を掛けた梅吉が高札場の方に向かいかけると、

「梅吉」

金蔵が呼び止めた。

足を止めた梅吉たちを見て、丹次は素早く顔を引っ込めた。

「『鹿嶋屋』さんのことは、頼むぜ梅」

金蔵のぼそぼそとした声が届いた。

その後も金蔵の声がしたが、「例の」とか「妙な野郎は」というような断片しか聞こえなかった。

小路の角からそっと金蔵の家を窺うと、梅吉と子分二人が甲州街道を右へ曲がったところだった。

丁字路を出た丹次は、三人の子分とともに家の中に入る金蔵の傍をすり抜けて、甲州街道に出た。

丹次は、追分の方に向かう梅吉たち三人の後を付けた。

布田でなにかを摑んだら、庄太は江戸に戻って来る。

これから布田に向かえば、庄太と入れ違いになる恐れもある。丹次の関心は今、梅吉がこのあとどう動くかにあった。

梅吉と二人の子分は、追分を右へと折れた。

菅笠を被っている丹次は、武家屋敷の中間の装りをしているが、四谷へ向かう通りには、同じような装りをした連中がそこかしこに見られ、同じ方向に向かっても梅吉たちに怪しまれる気遣いはなかった。

梅吉たちは日本橋まで、途中休むこともなく歩き続けた。

通二丁目新道に入り込むと、子分二人を表に残して、梅吉一人が薬種問屋『鹿嶋屋』の店の中に足を踏み入れた。

丹次は、『鹿嶋屋』の前で待つ子分二人の横をゆっくりと通り過ぎて、四つ辻の天水桶の陰で足を止めた。

梅吉の子分二人は、『鹿嶋屋』の店先で待つのを憚《はばか》ってか、向かい側の煙草屋の軒下に佇んでいた。

店の中に入って四半刻もせず、梅吉は『鹿嶋屋』から表に出て来た。

梅吉は、子分二人を従えて、丹次が潜む天水桶の方へとやって来たが、丹次を気にする様子もなく、楓川の方へ大股で歩き去った。

天水桶の傍を離れた丹次は、梅吉たちを再び付けた。

江戸橋を渡った梅吉たちは、小路を右へ左へと曲がりながら、ひたすら東北の方角を目指していく。

三人が行き着いた先は、両国広小路に近い、日本橋、橋本町四丁目の梅吉の家だった。

三人が家の中に消えたのを確かめると、丹次は踵を返して、神田下白壁町へと足を向けた。

小伝馬町の牢屋敷の北側にある神田堀に差し掛かったところで、鐘の音を聞いた。日本橋本石町の時の鐘が、四つ（十時頃）を知らせる音だった。

「帰りました」

口入れ屋『藤金』の暖簾を割って土間に入ると、

「どこか、寄り道でしたか」

帳場に座っていた藤兵衛が、笑みを向けた。

諏訪家の大名行列が内藤新宿に着いて、すぐに引き返せば、六つ半（七時頃）か五つ（八時頃）前には神田に戻れる計算だった。

「へい。内藤新宿は、滅多に行かないところですんで、ぶらぶらしてから戻りました。皆さん、お戻りですか」

「戻って来たのは五、六人ですかね。普段行かないところへ行く仕事があると、酒か女に引っ掛かって、翌朝になって戻る者がよくいるんですよ」

藤兵衛は苦笑いを浮かべると、

「奥の部屋が空いてますから、着替えはそこで」

帳場の奥を手で指した。

「それじゃ、上がらせてもらいます」

丹次は框に腰掛けると草鞋《わらじ》の紐を解き、手拭いで足の汚れを拭いた。

薬種問屋『鹿嶋屋』前の通二丁目新道は、西日を浴びている。

半刻ほど前までは静かだった道が、俄《にわか》に騒がしくなった。

七つ半（五時頃）を過ぎると、次第に人の足の運びや荷車の速度が増していく。

出職の者が仕事を終える時分で、お店に戻る奉公人や家路を急ぐ者が行き交うのだ。

丹次は、以前も使ったことのある旅籠の二階から、『鹿嶋屋』の店先を窺っていた。

口入れ屋『藤金』で着替えを済ませた後、昼餉を摂るとすぐに旅籠に入ったのだ。

「『鹿嶋屋』さんのことは、頼むぜ梅」

香具師の元締、金蔵から耳打ちされた梅吉は、内藤新宿からの帰りに『鹿嶋屋』に立ち寄った。

そこでなにが話し合われたのかは分からないが、『鹿嶋屋』の背後では香具師の一団が動いているということに丹次の関心は高まっており、もう一押ししてみようと思い立ったのだ。

湯島切通町の『治作店』で一休みして、夕刻また日本橋に戻って来る手もあったが、一刻も早く寝たかった丹次は、『鹿嶋屋』前の旅籠に部屋を取った。

「七つ半になったら起こしてもらいたい」

旅籠の女中にそう頼んで寝たが、それより半刻も早く目覚めた丹次は、通りを眺めていた。

西日が低くなるにつれ、通りに伸びる影がさらに長くなった。

大戸を下ろす音がそこかしこから聞こえ始めた。

やがて、『鹿嶋屋』の大戸も閉められた。

近隣の商家からも『鹿嶋屋』からも、通いの奉公人たちが出て来て、三々五々家路に就いた。

通りから、次第に人の足音が絶え、夕日の赤みも消え失せて行く。

閉め切られた『鹿嶋屋』の戸の隙間から明かりが洩れていたが、居残った手代たちが帳面をつけたり、薬の片付けをしたりしているのだろう。

『鹿嶋屋』の大戸の潜り戸が、音もなく開くのが見えた。

出て来たのは番頭の弥吾兵衛だった。

店の半纏《はんてん》ではなく、絽《ろ》の羽織を着ているところを見ると、仕事を終えて『鹿嶋屋』を出て来たに違いない。

丹次は窓辺を離れると、菅笠を手にして階下へ下りた。

帳場で勘定を済ませ、笠を被って、旅籠の表へと出た。

通二丁目新道を楓川の方へ向かう弥吾兵衛の背中があった。

小走りに追った丹次は、七間（約十三メートル）ほど後ろに付いたところで、弥吾兵衛の歩調に合わせた。

楓川沿いの材木河岸にぶつかった弥吾兵衛は、右へ曲がると、ひたすら南へ向かって歩き続けた。

川の両岸に建ち並ぶ家々に灯がともり、料理屋や居酒屋の行灯や提灯にも火が入り始めた。

京橋川が八丁堀と名を変える辺りは、川筋が四つ辻のように交叉している。

弥吾兵衛は、京橋川に架かる白魚橋を渡り始めた。

辺りに人がいないのを確かめると、丹次は足を速めた。

「お住まいは、こっちの方ですか」

弥吾兵衛と並んだ丹次が、声を掛けた。

「ええと」

弥吾兵衛は、訝《いぶか》るように顔を向けた。

「たしか、弥吾兵衛さんでしたね」

丹次が、菅笠を持ち上げて顔を見せると、弥吾兵衛がゆっくりと足を止めた。

「以前、『武蔵屋』の番頭だった要三郎の行方を尋ねに伺った者ですが」

丹次は、笑みを浮かべた。

「たしか、丑松さんでしたな」

弥吾兵衛の声には、抑揚がなかった。

「『鹿嶋屋』さんに、二度目に伺った時は、会えるはずだったご当主には居留守を使われ、初音の梅吉の手下におれを付けさせたね」

淡々と口にした丹次に、弥吾兵衛の眼が微かに泳いだ。

「しかし、『鹿嶋屋』さんは、香具師とも付き合い、大名家ともお親しいとは感心するじゃありませんか」

　ふふと低い声で笑い声を上げると、丹次は欄干《らんかん》に凭《もた》れて川面を向いた。

「あんた、主の源右衛門に近づいたのはどういう料簡だね」

　弥吾兵衛も欄干に近づくと、丹次の顔を覗き込んだ。

「破落戸どもにおれの後を付けさせた『鹿嶋屋』の皆さんが、その後どんな風な動きをするか、確かめたかったんですよ」

　弥吾兵衛はなにも言わず丹次の横顔に眼を向けている。

「そしたら次の日、なんだか、慌てたように動きなすったねぇ。弥吾兵衛さんは、手代の勢助さんを連れて堀留の小さな料理屋で梅吉親分と会い、店の表で別れた。たしか、料理屋の名は『花背』でしたかね」

　弥吾兵衛の眼が大きく見開かれた。

「おれは今朝、内藤新宿にいたんだが、香具師の元締と言われてる追分の金蔵親分の家から、初音の梅吉親分が出て来るのを見かけてしまったよ」

　弥吾兵衛の喉が小さく鳴った。

「それは弥吾兵衛さんもご存じでしょう。内藤新宿からの帰りに、梅吉親分は『鹿嶋屋』さんに立ち寄ってから橋本町に向かいましたからね。おれはただ、要三郎の行方を尋ねただけなのに、主の源右衛門さんはじめ、弥吾兵衛さん、梅吉親分のこの動きはなんなんでしょうね。今朝、内藤新宿からの帰り際、梅吉親分は、金蔵親分から、『鹿嶋屋』さんのことは頼むぜとも耳打ちをされていたが、あれはいったいどういうことでしょうかねぇ」

町家の明かりが揺れる川面を向いたまま、静かに語りかけた。

「丑松さん、それは、脅しですか」

「脅される覚えがおあんなさるんで？」

丹次は、弥吾兵衛に眼を向けた。

「そんなものはありませんが、どうやら、わたしどもになにか含むところがおありのようで」

「含むところはねぇが、疑ってる」

「それは」

「おれはどうも、あんた方は、要三郎の行方を知っていると睨んでる。だが、なぜ隠そうとするのかなんてのは、こっちはどうでもいいんだよ。要三郎の行方さえ分かればね」

丹次は、弥吾兵衛の方を向いて少し凄みを利かせた。

「だが丑松さん、あんたは、虎の尾を踏んでしまいましたよ」

弥吾兵衛の眼にも凄みが宿っていた。

「詳しくは言わないが、おれは、とっくに虎の尾を踏んだうえで、江戸に戻って来たんですよ」

静かに口を開いた丹次は、弥吾兵衛に小さく笑いかけると、元来た道へ足を向けた。

背中に、弥吾兵衛の眼差しが突き刺さっている気配があった。

五

浅草寺境内は相変わらず人で賑わっていた。

浅草広小路の飯屋で遅い昼餉を摂った丹次は、浅草寺の本堂を横目に奥山へと向かっていた。

奥山には様々な見世物小屋や芝居小屋があり、その上、大道の芸人たちもいて、訪れる者を楽しませてくれる。

吉原遊郭が近いのだが、奥山には、手ごろな値で遊んでくれる水茶屋の女がいるので、そこで間に合わせる男どももいた。

まだ日は高いが、奥山は日暮れとともにさらに賑わい出す。

丹次が『鹿嶋屋』の弥吾兵衛と会った翌日である。

「よぉ」

水茶屋『三雲屋』の前に立った丹次が、縁台で欠伸《あくび》をしているおかねに声を掛けた。

「あら、丑松さん」

おかねが、にこりと立ち上がった。

「庄太は向こうに行ったきりかい」

「そうだよ」

おかねが頷いた。

「いつごろ帰るとか、なにか言ってよこしたりはしてねぇかな」

「うん。なんにも」

おかねが、顔を曇らせた。

「おれも行ってみようかと思うんだが、入れ違いになるのはなんだからさ」

「そりゃそうだ」

おかねは、大きく頷いて丹次の不安に同調した。

「それじゃ、またな」

手を上げて、丹次は水茶屋を後にした。

庄太が布田から戻るか、何らかの知らせがない限り、丹次はやはり、江戸で待つしかなさそうだ。

湯島切通町の『治作店』は、いつものことながら、日が翳《かげ》るのが早い。

湯島の台地の東側斜面に建っている長屋の宿命だった。

日の翳った井戸端で、丹次は小松菜を洗っていた。

浅草寺奥山の帰り、上野広小路で小松菜や豆腐、それに魚屋で鮪《まぐろ》の赤身を買い求めた。

朝方炊いた飯が残っているから、小松菜の味噌汁を作れば、奴豆腐と鮪はお菜《かず》にもなるし、酒の肴にもなる。

木戸を潜って入って来る人影が眼に入った。

「丑松さん、いましたねぇ」

立ち止まった人影は、笑みを浮かべた亥之吉だった。

「ほんの少しでいいんだが、今から付き合ってもらいてぇ」

「分かった」

丹次は腰を上げた。

洗っていた小松菜を家の流しに置いた丹次は、亥之吉の後に続いた。

亥之吉が向かった先は、『治作店』からほど近い湯島天神の境内だった。

「連れて来ました」

亥之吉が声を掛けると、迷子石の近くで侍が振り向いた。

「丑松さん、こちらが同心の柏木八右衛門様ですよ」

亥之吉が、振り向いた八右衛門を手で指し示した。

「あ、あなた様が柏木様でしたか」

丹次は、惚《とぼ》けた。

「おう。おめぇ、あの時の」

八右衛門が口にしたあの時というのは、五、六日前のことに違いない。

梅吉とその手下の行先を確かめようと、堀留から橋本町四丁目まで付けた時、八右衛門に声を掛けられたのだ。

なぜ付けたのかという問いに窮した丹次は、疾走する馬が騒ぎを起こした隙に、八右衛門の傍から姿をくらました。

「あの時は、黙って姿を消して申し訳ありませんでした」

丹次は、深々と腰を折った。

「おめぇ、名は丑松だって」

「へぇ」

丹次は頷いた。

「亥之吉に聞いたが、『武蔵屋』の佐市郎や、お滝と要三郎の行方を捜してるそうじゃねぇか」

「はい。しばらく江戸を離れて、伊豆の松崎で船乗りをしてたんですが、この春、三年ぶりに帰って来たら、以前奉公していた『武蔵屋』はなくなっておりまして」

丹次は、静かに語り始めた。

番頭をしていた粂造《くめぞう》に会い、『武蔵屋』が暖簾を下ろすに至った事情を聞いたのだと告げた。

佐市郎の嫁のお滝は、商いの仕方に苦言を呈する粂造を『武蔵屋』から追い出し、恋仲の要三郎を連れて来て番頭に据えた。

それ以降、商いはお滝と要三郎の思いのままになり、二人は遂に『武蔵屋』を売って、姿をくらましたということを丹次は知った。

「それだけならまだしも、眼が見えにくくなった佐市郎旦那のことは構わず逃げたそうです。それを聞いて、わたしは、腸《はらわた》が煮えくり返りました。粂造さんの口利きで短い間ながら、『武蔵屋』に奉公しましたが、佐市郎旦那は、どこの馬の骨とも知れないわたしに、親切にしてくださいました。その御恩に報いるためにも、佐市郎旦那の行方を探り、お滝と要三郎に意趣返しをしたいと思っております」

丹次は、気負い込むことなく申し述べた。

黙って聞いていた八右衛門が、ふうと息を吐くと、胸の前で腕を組んだ。

「おれの知人もな、佐市郎とは古い知り合いなんだが、誰も知らないんだ。佐市郎と学問所で机を並べていた絵師の大原梅月でさえ、行方を知らないというんだ」

　上野広小路方面に眼を遣っていた八右衛門の口から、ため息が洩れた。

　境内の端から、日暮れて行く下谷界隈の屋根屋根が望めた。

「今日、うちの親分がぽつりと洩らしていなすったが、初音の梅吉の若い衆が、丑松という男を捜しているようですぜ」

　亥之吉が小声で言い、

「奴らが捜してる丑松は、どうも、丑松さんと年恰好が似てるんですよ」

　と、付け加えた。

「あんた、どうして梅吉に追われてるんだ」

　八右衛門が、腕組みを解いた。

　丹次は、要三郎が『武蔵屋』を売った先が『鹿嶋屋』だと知って、そこの主なら売り手の行方に心当たりがあるのではと思い、訪ねた一件を打ち明けた。

　その時、主は留守で、指定された翌々日、再度『鹿嶋屋』を訪ねると、主は急用で出掛けたと番頭に告げられて、仕方なく店を出たのだが、付けられていることに気付いたのだとも白状した。

その日の夕刻、主、源右衛門が居留守を使って会うのを避けたと知り、別の日にはさらに、丹次を付けたのは、梅吉の子分どもだとも知った。

「なるほど」

八右衛門は、丹次の話を聞いて、ぽつりと呟いた。そして、

「なんか、面白そうだな」

そうも口にして、片頬で微笑んだ。

湯島天神の境内の下に広がる門前町や、遠く下谷の辺りは、暗く沈んでいた。

微かに、遠雷の音がした。

湯島天神下で八右衛門たちと別れた丹次は、湯島切通町に戻ったが、手拭いと金を懐にすると、すぐに『治作店』を後にした。

遅くなって、夕餉の支度をする気が失せた。

町の居酒屋に入る手もあったが、元浜町、千鳥橋袂の『三六屋』を目指した。

『三六屋』は、梅吉の情婦であるお七が営む店だから、当の梅吉も子分たちも出入

りする。

梅吉が丑松と名乗る丹次を捜しているなら、その訳と状況が摑めるかもしれなかった。

『三六屋』に時々顔を出す丹次が丑松だということは、梅吉にも子分たちにも知られていないが、お七は知っている。

そのお七が、梅吉の丑松捜しを知っているかどうかは、分からない。

もし、知っているとしたら、『三六屋』に顔を出すのは剣呑だが、半分は賭けだった。

万一の時のために、懐に匕首を忍ばせている。

空は雲に覆われ、星も月もなかった。

小伝馬町から新大坂町の通りに出た丹次は、千鳥橋の袂で足を止めた。

開けっ放しになっている戸口の脇に『三六屋』の掛け行灯がともっている。

賑やかな話し声が表に溢れ、笑い声がどっと弾けていた。

思い切って足を踏み入れた丹次は、あまりの混みように、店内を見回した。

板張りには多くの職人や近隣の武家屋敷の中間たち、それに芝居帰りらしい連中もそこかしこにいて、芝居や役者について、熱く盛り上がっている。

またにするか——腹の中で呟いて、表に足を向けかけた時、

「お出でなさい」

板場から出て来たお七から、声が掛かった。

「ここでどうです」

徳利と料理の皿を載せたお盆を手にしたお七が、板場近くの板張りを顎で指した。

「お一人なら、上がってもいいし、腰掛けても構いませんよ」

お七が示したのは、土間から上がってすぐの畳半畳分ほどの板張りだった。

「それじゃここで」

丹次が頷いた。

お七は板張りに上がると、客たちの間を縫うようにして、お盆の料理と酒を運んだ。

丹次は、板場の出入り口に近いところで、足を土間に置いたまま框に腰掛けた。

土間を挟んだ向こう側は、二階への階段の上り口だった。

板場との境の壁際に、お七が使う煙草盆があった。

「なんにしましょう」

土間に下りたお七が、丹次の前で足を止めた。

「酒と、南瓜《かぼちゃ》の煮物に鯵《あじ》を焼いてもらいましょう」

「少しお待ちを」

お七は、丹次の注文を聞いて板場へと飛び込んだ。

「女将さん、酒を頼むよ」

どこかから催促の声が上がった。

すると、別のところから、

「生節《なまりぶし》のむしりがまだだよぉ」

という声も上がった。

「もう少しお待ち」

板場から、お七の張りのある声が飛んだ。

「お七姐《ねえ》さん、こういう時のために人を雇えばいいのにな」

丹次の背中の方から、囁くような声が聞こえた。

少し体を捻ると、車座になった三人の若い男たちが、声を低めて遠慮がちに飲んでいた。

その中の一人は、顎の尖った細身の男で、何度か見かけたことのある梅吉の子分だった。

「おまちどおさま」

板場から出て来たお七が、徳利とぐい飲みをお盆ごと丹次の脇に置いた。

「名前はなんだって」

丹次の傍の三人連れの一人が小声を出した。

「だから、丑松《じ》って名だよ」

細身の男が焦れたような物言いをした。

「顔も知らねぇのに、どうやって見つけ出すんですか」

他の者から、そんな声が出た。

「今口にした丑松っていうのが、どうしたって？」

お七が、さりげなく細身の男に声を掛けた。

「松五郎《まつごろう》の兄ィたちに、見つけ出せと言われてましして」

「どうしてまた」

お七が問い返した。

「はっきりと聞いたわけじゃねぇんですが、親分は、その男を見つけ出して殺す腹のようです」

細身の男の密やかな声が、丹次のすぐ後ろでした。

「お注ぎしましょう」

土間に立ったままのお七が、丹次の前の徳利を手にした。

丹次がぐい飲みを差し出すと、お七は黙って注いだ。

「どうも」

丹次は軽く頭を下げて、ぐい飲みを口に運んだ。

「女将さん、酒を頼みますよぉ」

客から声が飛んだが、お七は返事もしないで板場に入った。

店内のどこからか、楽し気な笑い声が上がった。

板場から料理の皿や徳利をお盆に載せて出て来たお七が、板張りに上がって行った。

丹次が、ぐい飲みの残りを一気に飲み干した時、外から飛び込んで来た男が店内を見回した。

「あっちだよ」

土間に下りたお七が声を掛けると、飛び込んで来た男は、

「どうも」

と会釈して、丹次の後ろにいる梅吉の子分たちの方に、足を着けた土間から体を伸ばした。

「親分がお呼びだ」

男が囁くと、板張りの子分たちは急ぎ立ち上がり、土間に下りた。

「急ぎますんで、勘定は明日にでも」

細身の男が両手を合わせると、

「あぁ」

と、お七は頷いた。

梅吉の子分四人は、お七に会釈しながら、店の外に飛び出して行った。

お七はすぐに土間を上がり、子分たちが食べた料理の皿や徳利などを片付け始めた。

「あいつら、丑松さんを捜してるなんて」

そう口にしたお七が、手元が狂ったのか、ことりと徳利を倒した。

徳利の口から、残っていた酒が零《こぼ》れ出た。

「ありふれた名ですから」

丹次が静かに返事をすると、帯に挟んだ布巾《ふきん》を取って、

「そ、そうですよね」

お七は、徳利の酒の零れた板張りを拭きながら、呟いた。

「えぇ」

丹次の声が、思いのほか喉に引っ掛かった。

「食べ物はもう少し待ってください」

そう声を掛けると、お七は、空いた器を持って板場に入った。

丹次は、黙って酒を注いだ。

その後、食べ物を持って来たお七は、丹次に口を開くことはなかった。

半刻ばかりして払いを済ませる時も、

「どうも」

お七は、曖昧な一言を口にしただけだった。

梅吉が殺そうとしている丑松が丹次のことなのかどうか、思いを巡らしているのかもしれなかった。

「じゃ」

丹次も、一言だけ声を掛けて『三六屋』を後にした。

半町（約五十メートル）ばかり歩いたところで、稲妻が走り、続いて雷鳴が轟《とどろ》いた。

日本橋本石町の時の鐘がある櫓近くに差し掛かった時、とうとう、ぱらぱらと降り出した。

第三話　宿場の鬼

一

江戸は朝から、昨日の雨が嘘のように晴れ渡っている。

厳密に言うと、雨が降り出したのは、一昨日の夜からだった。

元浜町、千鳥橋の袂にある居酒屋『三六屋』で飲んでいた丹次は、香具師の親分である初音の梅吉の子分たちが、丹次の命に関わるような話を、密やかに交わしているのを耳にした。

店が混み合っていたこともあり、丹次はその夜、早々に『三六屋』を後にした。

途中降り出した雨に濡れながら、湯島切通町の『治作店』に辿り着いたのだった。

昨日一日、『治作店』の住人たちは家に閉じ籠もっていたが、今朝、出職の者は一斉に出掛けて行き、井戸端の物干し場には、ここぞとばかりに洗濯ものが翻《ひるがえ》った。

朝餉の後に洗濯をし、物干し場の竹竿に下帯や着物を干すと、『治作店』を後にした丹次は、日本橋へと足を向けていた。

陽炎《かげろう》の立つ路上に、五つ（八時頃）を知らせる時の鐘が背後から鳴った。

芝居町に近い住吉町にある『八兵衛店』の木戸を潜ると、丹次は菅笠を取った。

井戸端に、茶碗などを洗っているお杉の背中があった。

「今日は、晴れたね」

丹次が声を掛けると、

「すぐ行きますから、家の中でお待ちを」

お杉は、長屋の路地の方を濡れた手で指し示した。

丹次は、言われた通り、お杉と、その亭主の徳太郎の住まう家の中に入ると、土間を上がった。

鋸の目立てを生業にしている徳太郎は、朝早く出掛けたようだ。

「朝餉は」

笊《ざる》を抱えて土間に入るなり、お杉が尋ねた。

「ここのとこ、口入れ屋の仕事をしているから、朝餉は早めに摂る癖がついてね」

「そりゃ、いいことですよ」

小さく微笑んだお杉が、洗い終わった茶碗などを載せた笊を流しに置いた。

「お杉さん、実は五日ほど前、お美津さんに会うことが出来たんだが、その後いろいろ立て込んで、やっと今日、その話をしに来たんだ」

お美津と直に話をしたのは目明しの下っ引きになっている亥之吉で、丹次は顔を隠して近くに腰掛け、二人のやり取りを聞いていたのだと説明した。

「それで、お美津が見たというその女は」

お杉が、身を乗り出した。

お滝に似た女のことについて、お美津はさりげなく女中仲間から話を聞き出したと、亥之吉に語った。

それによると、女は、少なくとも月に一度は甲州街道の布田から江戸に出て来て、『八百春』の料理を食べるのを楽しみにしているという。

「その女は、生まれ育ちは江戸だということも分かった。それも、お杉さん、芝の昆布問屋の娘だというんだ」

「それじゃ」

お杉が眼を丸くした。

「お滝の生家が、芝の昆布問屋『蝦夷屋』だったろう」

丹次がそう口にすると、お杉が大きく頷いた。

「それで、四日前、弟分の庄太を布田に行かせてお滝の周辺を探らせていたんだが、今朝、布田から文が届いたんだ」

丹次は、折りたたんだ紙を懐から出した。

朝餉を摂った後、飛脚が届けた文だった。

「取り急ぎ、知らせます。旅籠『布袋屋』の女将の名が、お滝です。一人暮らしですが、出入りする男がいるのを、周りの者は知ってます。男は、布田の飛脚屋『大《おお》坂《さか》屋』の主で、名は要三郎。顔はまだ見てない」

丹次は、綺麗に書かれた文言を、そのまま読み上げた。

「お滝と要三郎は、布田にいましたか」

呟くような声を出したお杉が、小さく息を吐いた。

「飛脚屋『大坂屋』の主の顔を、おれは先月、布田で見かけてるんだよ」

それは半月ほど前のことだった。芝口にある絹問屋『加納《かのう》屋』の内儀に頼まれて、八王子の蚕屋を訪れたという主人に会いに行ったことがある。結局、『加納屋』の主人には会えなかったのだが、その帰り、布田の茶店で休んでいた時、刃物を持った初老の男から逃げる男を見たのだ。

「あぁ、あの飛脚屋は因業《いんごう》な金貸しらしいからね」

逃げる男について、茶店の女がそう口にしたことを丹次は覚えていた。

「その時見た金貸しが要三郎かどうかを確かめに、おれも、これから布田に行くつもりだ」

丹次がそう口にした。

「これからですか」

「あぁ、そうだよ」

丹次は小さく頷いた。

「相手は、人の痛みなんか気にもしない悪党ですから、くれぐれも、気を付けるんですよ」

お杉は、孫でも諭すような物言いをした。

前日の雨で湿った地面で、陽炎が激しく揺れている。

日は中天近くに昇り、被った菅笠にじりじりと照り付けていた。

日本橋のお杉の家を出た丹次は、城の北辺を通って、四谷御門から内藤新宿へ向かう道程を取った。

間もなく四つ半（十一時頃）かと思われる頃、追分を左に曲がり、千草色《ちぐさ》の着物の裾を翻して甲州街道へと足を向けた。

三日前、日雇いの人足として、信濃に帰参する大名の行列に加わって通った道である。

香具師の元締、追分の金蔵の家がある天竜寺門前を過ぎ、街道脇の高札場も通り過ぎた。

内藤新宿から、布田の五ヶ宿まで、四里（約十六キロメートル）ほどだから、休まずに歩けば、八つ半（三時頃）には行きつけるはずである。

先月、八王子に行ったこともあり、その位の目算は立てられた。

新町を過ぎると、街道から人家が絶えたが、幡ヶ谷《はたや》村と代々木村の辺りまで行くと、再び、街道の両側に建ち並ぶ人家が増えて来た。

丹次は、〈めし〉と書かれた幟《のぼり》を竹の先に下げた飯屋に飛び込んだ。

一汁一菜の質素な昼餉を摂ると、再び街道を西へと向かった。

布田の五ヶ宿のひとつ、国領《こくりょう》を過ぎ、下布田の先の上布田に足を踏み入れた時、刻限は、丹次の目算通り八つ半ごろになっていた。

日は西に傾いてはいるが、夕暮れまでにはまだ大分間がある。

布田の五ヶ宿は間《あい》の宿《しゅく》ではあったが、人馬の往来が多い。

三十町（約三・二キロメートル）に及ぶ国領、下布田、上布田、下石原、上石原の五ヶ村を総称して五ヶ宿というのだが、旅籠はわずかに九軒だけだった。

丹次が目指す、旅籠『布袋屋』は、上布田にあった。

半月ほど前、知り合いの娘である台所女中のお鶴に会うために訪ねていたから、『布袋屋』の場所は分かっている。

その『布袋屋』の女将こそが、捜していたお滝だと、庄太は文に記していた。

丹次は、庄太が逗留《とうりゅう》している『布袋屋』の表に立った。

派手な色の提灯が軒に下げられ、安い遊女屋のようなけばけばしさは、以前眼にした時と変わっていない。

「ごめんよ」

丹次は、『布袋屋』の土間に足を踏み入れた。

「はい」

年のころ五十ほどの、痩せた白髪頭の男が、揉み手をしながら帳場から現れた。

おそらく番頭だろう。

「お泊まりでしょうか」

「知り合いがここに逗留してるんで、呼び出してもらいたいんだが」

丹次はそう返答した。

「ええと、それはどなたですかな」

「江戸は浅草六軒町の庄太というやつなんだが」

「えぇ、庄太様というと」

番頭が首を捻った時、行灯を持った若い女中が廊下の奥からやって来て、二階への階段を上がりかけた。

「庄太という江戸のお客さんを呼んで来ておくれ」

番頭が女中に声を掛けると、

「あぁ、あのお客さんは、昼餉を食べがてら五ヶ宿を歩いたり、布田天神にお参りしたりするって言って、昼過ぎには出掛けて行きましたけどね」

言うだけ言うと、足音を立てて階段を駆け上がって行った。

「それじゃ、おれもこの辺りを歩いてみるが、もし庄太が戻ったら、ここで待つように言付けてもらいたい」

「で、あなた様は」

番頭に名を尋ねられて、丹次はハタと息を呑んだ。

丑松という偽りの名が、お滝の耳に届いている恐れがある。

「甚八と言ってくれ」

そう言うと、丹次は表へと出た。

布田天神社は、布田五ヶ宿の総鎮守だった。

上布田と下石原の中間の、甲州街道の北側にある。

布田五ヶ宿は旅籠が少なく、宿場としては鄙《ひな》びていたが、天神社を訪れる参拝の客が結構多く、その一帯は、門前町のような賑わいを見せているという。

甲州街道の路傍に、布田天神社への道を示す石の道標があった。

右へと延びる道を曲がりかけた時、府中の方から歩いて来る人影が眼に入った。

若竹色に鳶《とび》色の子持ち格子柄の着流しを着込み、笹の小枝を回しながらやって来た庄太が、

「兄ィ」

と、眼を見張って駆け寄って来た。

「文を貰ったら、黙っていられなくなってな」

丹次はさらに、口入れ屋の仕事もないので出向いて来たのだと付け加えた。

「府中の方まで足を延ばそうかと思ったが、へへ、途中で引き返してよかったよ」

庄太はそう口にして笑うと、

「酒には早いから、どこかその辺で茶でも飲みながら話しましょうか」

と、持ちかけた。

「おれに、心当たりの茶店があるから、そこに」

丹次が先に立った。

先月、八王子に行った帰りに立ち寄った茶店の女のことが頭を過《よぎ》った。

名はたしか、おたねといった。

体を悪くした百姓の亭主の世話を義母に任せ、暮らしを立てるために久が山の先から稼ぎに出て来て、茶店に住み込んでいた。

その茶店は、旅籠『布袋屋』から少し国領寄りにあった。

丹次と庄太が店先の縁台に腰掛けると、

「いらっしゃい」

奥から、十六、七の若い女が出て来た。

丹次が茶を注文すると、庄太は団子を頼んだ。

「ちょっと尋ねるが」

奥に行きかけた茶店の女を呼び止めた丹次は、おたねという女はどうしたのかと聞いた。

「あぁ。わたしはおたねさんという人には会ったことはないんだけどね。ここのばあちゃんが言うには、病に臥《ふ》せっていたご亭主が元気になって、畑に出られるようになったから、下荻窪村に帰って行ったんだって」

若い女は、明るい声でそう答えた。そして、

「甲州街道を時々行き来するっていう旅のお人の何人かから、おたねさんはどうしたって、よく尋ねられるんだけど、その人、評判がよかったんだねぇ」

と、感心したようにため息をついて、店の中に入って行った。

おたねとは、それこそ袖が触れ合ったほどの縁だが、亭主のもとに帰ったと聞いて、少しほっとするものがあった。

「『布袋屋』の台所女中のお鶴って娘っこは、どういった知り合いなんで？」

庄太が声をひそめた。

「会ったのか」

丹次が聞くと、

「台所に近づいたんだが、一番若いせいか、古手の女中たちにこき使われて忙しくしてるようだから、顔だけは見たけど、話はまだしてねぇ」

とのことだった。

「けど、おめぇ、『布袋屋』の女将の名が、お滝だと聞き出したんだろう」

「それはね、部屋に飯を運んで来るお初《はつ》って女中と世間話をしていて分かったんだ

よ。昔の女を捜しに来たとかなんとか言ってさ」

庄太はその時、お杉、おかね、お滝と、三人の女の名を口にしたという。

お杉は竈河岸に住むお杉で、おかねは、浅草で庄太が世話になっている水茶屋の茶汲み女の名である。

そんな中にお滝の名を潜り込ませるなど、庄太も結構知恵が回る。

「なにさぁ、お客さん、そんなに女の人いたの」

女中のお初は笑い転げたが、お滝という名なら心当たりがあると言い出した。

「ほう、あんたの知ってるお滝はどこでなにをしてるんだい」

庄太が尋ねると、

「ここの女将さんですよ」

そう返答した女中は、さらに、

「だけど、お客さんよりはだいぶ年上だから、捜してるお滝さんじゃないと思いますよ」

とも言って、けたけたと笑い声を上げたらしい。

「それでまぁ、宿場を捜し回る苦労もなく、お滝に行きついたってわけです」

庄太は、頷いてみせた。

「おまちどおさま」

若い娘が出て来て、二人の間に茶と団子を置いて茶店の中に戻って行った。

「それで、お滝の顔は確かめたのか」

「宿のことなんか、番頭や女中に任せっきりのようで、帳場や台所にだって顔を出すようなたまじゃねぇんで、なかなか。それがやっと昨日、番頭に見送られて出て行く女がいたから、あれは誰だと尋ねると、うちの女将ですという返事でした」

「お滝か」

「年のころは、三十二、三」

庄太は、思い返しながらそう答えた。

佐市郎の女房になった女だから、その位の年恰好だろう。

「あとは、兄ィが要三郎の顔を確かめられればこっちでの用は済みますね」

庄太が、小さく呟いた。

「おれも、今夜から『布袋屋』に泊まることにするよ」

静かに口を開くと、丹次は茶を一口飲んだ。

「そりゃ面白くっていいや」

庄太は、相好《そうごう》を崩した。

丹次が布田に来た目的のひとつは、お滝と要三郎の顔を確かめることだった。

そしてもうひとつは、要三郎が布田でどんな仕事をしているのか、薬種問屋『鹿嶋屋』となにか関わりがあるのかどうかを知ることだった。

一日二日の逗留は覚悟していた。

眼の前の街道を、家紋付きの覆いの掛かった大八車が三台、甲府の方から布田の宿へと通り過ぎた。

その覆いに染められた、並び切り竹の家紋を、丹次はどこかで見たような気がしたが、思い出せないまま、茶を啜《すす》った。

二

下布田には荷物の中継場である問屋場《といやば》、馬や人足が交代する立場《たてば》があり、牛馬の嘶《な》き声が街道に響き渡っている。

茶店を出た丹次は、庄太の案内で下布田にやって来た。

草鞋や笠などを売っている小店の軒下に立って、街道を挟んで向かいの飛脚屋『大坂屋』を、並んで眺めた。

要三郎が営む『大坂屋』の隣りは問屋場になっていて、三台の大八車に積まれていた俵が、人足たちによって建物の裏手に運ばれている。

大八車の梶棒《かじぼう》には、荷を覆っていた家紋付きの紺色の布が掛けられていた。

先刻、茶店にいた時に丹次が眼にしたのと同じ、並び切り竹の紋が染め抜かれている。

「兄ィへの文は、あの『大坂屋』って飛脚屋に頼んだんだよ」

横に立った庄太が、小声を発した。

「だがよ、庄太、おめぇ、字が書けたのか」

「書けねぇ。けどね、宿場には一軒や二軒、代書屋があるもんだよ」

「なるほど」

庄太の説明に、丹次は得心した。

「ここに五日いて分かったんだが、『大坂屋』は評判がよくねぇ。金貸しもしているんだが、取り立てが容赦ねぇらしいよ」

庄太の声には、非難がましい響きがあった。

茶店の雇われ女のおたねも、因業な金貸しだと口にしていた。

あの男が、今にして思えば要三郎だったのだろう――そう、思い返していた丹次は、『大坂屋』に入って行くお店者に眼を凝らした。

振り分けの荷物を肩に掛けた、『鹿嶋屋』の手代、勢助だった。

やはり、『鹿嶋屋』と要三郎は、なんらかの関わりがあるのだと、丹次は確信した。

旅籠『布袋屋』の二階の部屋からは、甲州街道が眺められた。

日が傾いて、街道を夕日が染め始めている。

丹次は、番頭に頼んで、庄太と相部屋にしてもらった。

宿帳に名を記すと、

「ええと、これは、八は読めるんだけど」

茶を啜る庄太の横に座っていた二十《はたち》ほどの女中が、首を捻った。

先刻、庄太の行先を番頭に答えて、行灯を手に階段を上がって行った女中だった。

「これで、甚八というんだよ」

丹次が教えると、女中はにこりと笑って頷き、

「もうすぐしたら、風呂に入れますから」

と、宿帳を手にして部屋を出て行った。

「例の、お滝がここの女将だと教えてくれた女中のお初ですよ」

庄太が、女中が出て行った廊下の方を顎で示した。

「けど、なんでそんな、甚八なんて名を」

「おれは、『鹿嶋屋』では、丑松と名乗って要三郎捜しをしてたからな。そんな話がお滝の耳にでも入っていたら、危なくって、宿帳には書けねぇよ」

「なるほど」

と、庄太は丹次の説明に、うんうんと小さく頷いた。

「しかしまぁ、甚八なんて、爺さんみてぇだ」

「例の、ここの台所女中をしてる、お鶴ちゃんの親父さんの名だよ」

丹次は、八丈島で知り合った流人、甚八のことに触れた。

久が山で猟師をしていた甚八は、誤って鉄砲の引き金を引いた八歳の倅の身代わりとなって、遠島の刑を受けたのだ。

島で十年も暮らしているという甚八から、そんな話を聞いていた。

いつも、家族のことを口にしていた甚八のことを思い出して、先月、八王子からの帰りに、在所である久が山に行ってみた。

女房には会えなかったが、十八になった倅は鉄砲撃ちの猟師になっていたし、十四になる娘が、旅籠『布袋屋』の台所女中になっていると聞いて、尋ね当てた丹次はお鶴と対面したのだ。

「なるほど。そういう事情でしたか」

小さく唸って、庄太は腕を組んだ。

「それで、他になにか面白い話はねぇか」

丹次が、庄太に投げかけた。

「内藤新宿から府中までは、追分の金蔵一家が仕切ってます」

声を低めて、庄太は頷いた。

布田五ヶ宿の博徒、地蔵の嘉平治《かへいじ》とも繋がっており、問屋場の仕切りにも人足たちの差配にも金蔵の力が及び、『大坂屋』の後ろ盾にもなっているという。

「だから、金貸しをしている要三郎は阿漕《あこぎ》な真似が出来るってわけですよ」

庄太が、口の端を不快そうに歪めた。

丹次は、ここへきて、これまで点だったものが線で繋がっていくのを実感していた。

『鹿嶋屋』と香具師の梅吉の繋がりは既に知った。

香具師の元締、追分の金蔵と『鹿嶋屋』が繋がっているのも知った。

そして、『鹿嶋屋』の手代、勢助が、要三郎の『大坂屋』に入ったことで、両者の繋がりも見えた。

だが、『鹿嶋屋』がなぜ、要三郎との繋がりを隠そうとし、警戒したのかが分からない。

「庄太、おめぇ、こっちの賭場には行ったのか」

丹次が聞くと、庄太は、慌てて手を横に打ち振った。

「どうして」

「兄ィと違って、おれには博打の才がねぇ。知らねぇ賭場になんか、怖くて、一人じゃ行けねぇよ」

庄太は、真顔で口を尖らせた。

「それじゃ、今夜、二人で行こうじゃねぇか。博打場に行けば、いろんな話が耳に入るもんだ」

丹次が微笑みかけると、庄太は大きく頷いた。


甲州街道がさらに赤く夕焼けに染まると、旅籠『布袋屋』にも旅人がぽつりぽつりと入って来たらしく、

「お着きですよ」

と、男衆の大声が上がり、女中たちが忙しく動く音が旅籠内に響き渡った。

とっくに風呂に入った丹次と庄太は、部屋で夕餉の膳を前にしていた。

間の宿だからか、値段のせいか、たいした料理ではない。

どこで賭場が立つのかは、居酒屋で酒を飲みながら土地の者に聞くつもりだったから、そこで口直しをすることにして、めしの途中で箸を置いた。

どうせ、賭場が開くのは暗くなってからだろう。

六つ（六時頃）を知らせる寺の鐘が鳴り終わったころ、

「兄ィ、行きますか」

庄太は、待ちかねたように腰を上げた。

丹次は、巾着の中身を確かめると懐にねじ込んだ。

階段を下りた丹次と庄太が、土間の上がり口に立った。

「お出掛けですか」

帳場から出て来た番頭が、下足置き場に下りて、二人の履物を土間に並べた。

「帰りは遅くなるかもしれないが、戸は開いてるね」

庄太が尋ねると、

「潜り戸を叩いて下さりゃ、すぐに」

番頭が頷いた。そして、二人が表に向かうと、

「へへ、今夜はお楽しみですかな」

と、背中に番頭から意味ありげな声が掛かった。

どうやら、布田五ヶ宿には商売女もいるようだ。

二人は返事もせず、表へと出た。

「すまねぇ。今日のうちに、台所に顔を出して行きたいんだ」

丹次は庄太に断って、『布袋屋』の裏手に向かった。

以前訪ねたこともあって、台所の場所は覚えていた。

台所の戸は開け放たれていたが、籠もった煙の中で立ち働く女中たちの影が忙しく動いていた。

「兄ィ」

声に振り向くと、庄太が、井戸の方を指さしていた。

井戸端で洗い物をしている若い女中の、たすきを掛けた背中があった。

「お鶴ちゃんか」

近づいて声を掛けると、屈んでいたお鶴がふわりと立ち上がった。

「あぁ、丑松さん」

お鶴の顔に、笑みが広がった。

「こいつと、八王子に行った帰りでね」

丹次は、庄太を指して微笑んだ。

「この前は、ありがとうございました。お金を」

お鶴が、深々と頭を下げた。

「いや、あれは、甚八さんから預かっていたものだから、気にしなくていいんだ」

丹次は、片手を打ち振った。

「この前、庄屋さんに頼んで書いてもらって、おっ母さんは、島のお父っつぁんに文を送ったそうです。まだ、返事は来ませんけど」

お鶴が、嬉しそうに丹次を見た。

「流人船は、年に二回、春と秋にしか出ないうえに、御船手組《おふなてぐみ》の船も頻繁に行き来するわけじゃないんだ。だから、返事が届くまで、気長に待つことだよ」

「はい」

お鶴は大きく頷いた。そして、

「文には、ご赦免になったあなた様からお金を受け取ったことも書いてもらったそうです」

と、丹次に笑みを向けた。

お鶴の母親は、丑松から金を受け取ったと文に記してもらったのだろうが、八丈島の甚八には、誰のことかは分かるまい。

丹次は、旅籠『布袋屋』に泊まっていることをお鶴に告げて、井戸端を後にした。

甲州街道に面した下布田の居酒屋の外は、すっかり暮れている。

居酒屋で飲み食いをした丹次と庄太は、一刻ばかり時を費やして街道に出た。

布田五ヶ宿に居酒屋は少なく、二人が入った店は結構な混みようだった。

一人の若い男が、飲み食いする客を、品定めするようにちらちらと窺っているのが眼に留まった。

賭場に誘い込んで金を吐き出しそうな客を探す、博徒の若い衆に違いない。

浅草橋場の博徒、欣兵衛親分の子分だった頃、丹次は、盛り場の飲み屋に行っては、鴨になりそうな男に声を掛けて、賭場に送り込む役もこなしていた。

「兄さん方、遊んでいきませんか」

案の定、若い男は丹次と庄太に声を掛けて来た。

「女は要らねぇ」

丹次は惚けて返事をした。

「そっちじゃなくて、どうです、賽子《さいころ》の方は」

若い男は丹次と庄太に、そっと、壺を振る仕草をしてみせた。

丹次と庄太は誘いに乗って、若い男に続いて居酒屋を後にしたのだった。

その男によれば、賭場は、甲州街道を南に外れた田圃の中にある荒れ寺だということだった。

月明かりでやっと見える田圃道を進むと、高木に囲まれた寺の建物が黒い影となって、行く手に見えた。

今にも倒れそうな歪んだ山門を潜ると、本堂だった堂宇《どうう》と渡り廊下で繋がっている庫裏《くり》らしい建物の戸口に立った。

案内の若い衆が、閉まっている戸を三度、軽く叩いた。

中から戸を開けた男は、居酒屋から案内した若い衆を確認すると、

「どうぞ」

と、丹次と庄太に、入るよう促した。

土間に足を踏み入れると、建物の中は思いのほか明るい。

部屋の明かりが、障子紙を透かして廊下に広がっていた。

博打はご法度だが、土地の博徒の親分が、宿場の役人に鼻薬を利かせて安心して

いるのかもしれない。

丹次と庄太は、案内の男に連れられて、八畳ほどの部屋に入った。

そこは、盆茣蓙を囲んで、壺に入れた賽子の目で丁半を決める博打場だった。

「そちらでお待ちを」

案内の男に促された丹次と庄太は、部屋の隅に胡坐《あぐら》をかいた。

近くには、座が空くのを待っている人足が二人と、布田宿の客らしい旅人が二人いて、振る舞い酒や茶を飲んでいた。

「座が空いたら呼びますんで」

案内した男が、徳利と湯呑の載ったお盆を丹次と庄太の前に置いて、廊下に出た。

「遠慮なくやろうぜ」

丹次が徳利を持つと、庄太は慌てて、

「いや、おれが」

と、徳利に手を伸ばした。

「いいから」

庄太に湯呑を持たせて、丹次は強引に注いでやった。

そして、注ごうとする庄太を制して、自分は手酌にした。

湯呑を口に運びながら眺めると、職人らしい男たち、車屋の半纏《はんてん》を羽織った車曳き、体格のいい駕籠舁きらしい三人連れ、土地の商人らしい者たちが盆茣蓙を囲んでいた。

「お前さん方は、土地のお人で」

丹次が、隣りで座を待っている二人の人足に声を掛けた。

「うん。問屋場の人足だ」

湯呑の酒を飲んでいた金壺眼《かなつぼまなこ》の男が、頷いた。

「ここはよ、荷の行き来が多くてよ、眼の回る忙しさだ」

金壺眼の隣りにいた三十を越した男が、赤い舌で上唇を舐めた。

甲州街道は、信濃国の下諏訪で中仙道とも繋がっていて、信濃国はもとより、飛驒や越後辺りからも様々な物が運ばれて来るのだと、人足たちは語った。

「だから、稼ぎにはなるがよ、遊び場がねぇのよ。女もいることはいるが、数が少ねえ。この前も、女のいるところに行ったが、またあんたかいなんて言われる始末だぁ」

赤い舌の男が、またしても上唇を舐めた。

「だから、博打ぐらいしか、金の使いどころがねぇのさ」

金壺眼が、軽く舌打ちをした。

その時、廊下の障子が開き、五十絡みの顔の細い男と三十ほどの町家の女房風の女が部屋に入って来た。

中にいた博徒の子分たちが、入って来た二人に向かって頭を下げた。

部屋の隅にある換金場の座布団に五十絡みの男が座り、連れの女に、近くの座布団を掌で丁寧に指し、座るよう勧めた。

換金場の男と女の前に酒と湯呑を運ぶと、賭場の若い衆は会釈をして去った。

換金場の座布団に座った五十男が、胴元のようだ。

「あの、押し出しの立派なお方は」

丹次が、金壺眼に小声で尋ねると、

「あれが、胴元の嘉平治親分さ」

という返事だった。

胴元の嘉平治は、徳利を持つと、女に勧めた。

湯呑を差し出したところを見ると、女は馴染みの客なのかもしれない。

丹次の膝を、庄太がさりげなく突《つつ》いた。

「なんだ」

小声を出した丹次の耳元に顔を近づけた庄太が、

「今酌を受けた女が、お滝です」

「なに」

小さく声を発した丹次は、湯呑の酒を口に運ぶ女に眼を遣った。

「間違いありません。番頭に女将さんと呼ばれていた女です」

庄太が、声をひそめて耳打ちした。

若竹色に片滝縞《かたたきじま》の柄の着物を着込んだお滝は、睥睨《へいげい》するように賭場を見回し、湯呑の酒をちびりと舐めた。

よくよく見ると、先月、『布袋屋』の裏でお鶴と話していた丹次のことを、女を引き抜く女衒《ぜげん》ではないかと怪しんだ女の顔だった。

ようやく行き合った――胸の中で安堵の声を上げた丹次は、湯呑の酒を一気に飲み干した。

三

布田五ヶ宿は朝から晴れていたが、風が強かった。

街道や畑の砂が風に運ばれて行く。

遅い朝餉を摂り終えた丹次と庄太は、部屋でのんびりと茶を啜っていた。

刻限は五つ（八時頃）という頃合いだった。

「今日も、女の人を捜し回るんですか」

朝餉の膳を片付けに来た女中のお初が、庄太に声を掛けた。

「それがね、とうとう昨日、最後の一人を捜し当てたんだよ」

庄太は返事をすると、丹次を見てにやりと笑った。

昨夜、思いがけず賭場でお滝を目の当たりにしたのは収穫だった。

お滝は、賭場で要三郎と待ち合わせでもしているのではないかと思って待ったのだが、二両（約二十万円）ばかり勝ったところで、宿に引き揚げて来た。

もう少し稼げると踏んだが、初めての賭場で勝ち過ぎると、妙に睨まれる恐れがある。

「それじゃ、今日にでもお発ちですか」

片付けながら、お初が庄太に眼を遣った。

「さぁて、どうしたもんかね」

庄太は、丹次を窺った。

「おれには、もう一人確かめたい男がいるからな」

「あぁ、そうだった」

庄太が大きく頷いた。

昨日、飛脚屋『大坂屋』を『鹿嶋屋』の手代、勢助が訪れていた。

おそらく、『鹿嶋屋』の主、源右衛門の用事で布田まで足を運んだのだろうが、
要三郎がそのことでどう反応するかが気になる。

「布田天神にお参りもしたいし、もう少し、五ヶ宿をぶらつこうじゃないか」

丹次が謡《うた》うように口にすると、

「布田天神様もいいけど、街道の北の方には深大寺《じんだいじ》があるよ」

お膳を抱え上げたお初が、笑顔を残して部屋を出て行った。

旅籠『布袋屋』の土間はのんびりとしていた。

街道を行く旅人の多くは、朝暗いうちに発つのが常だから、帳場の辺りが混み合うのは、夏なら七つ（四時頃）から六つ（六時頃）の一刻くらいだった。

「履物を出してもらいてぇ」

丹次とともに階段を下りた庄太が、帳場に声を掛けた。

頭を上げた番頭が、弾いていた算盤《そろばん》を置いて出て来た。

「お出掛けですか」

と、言いながら土間に下り、下足棚から二人の草鞋を出して、框《かまち》の近くに並べた。

「ここの若い女中に勧められたから、深大寺に足を延ばすことにしたんだよ」

丹次はそう返事をして、庄太とともに街道へと出た。

早朝強かった風は大分収まって、砂埃が舞うほどではなくなっていた。

下石原の方へ足を踏み出した時、国領の方向から地面を蹴るような下駄の音が近づいて来た。

眉間に縦皺を刻んだ三十代半ばの男が、着物の裾を翻してやって来ると、旅籠

『布袋屋』の土間へと駆け込んだ。

「庄太、今の男が例の金貸しだよ」

立ち止まって見ていた丹次が、ぽつりと呟いた。

「え」

庄太も、『布袋屋』の土間に眼を向けた。

先月、茶店の女、おたねが、土地の因業な金貸しだと口にした男に間違いなかった。

丹次が、急ぎ『布袋屋』の土間に足を踏み入れると、庄太も続いた。

「お出掛けじゃなかったので」

廊下の奥から帳場に戻りかけていた番頭が、土間に立った二人に眼を留めた。

「番頭さん、今ここに駆け込んだお人は、どなたでしたっけねぇ。いや、先月、布田で行き合ったお人によく似てたもんだから」

丹次が尋ねると、

「今のお人は、『大坂屋』という飛脚屋の主で、要三郎さんと仰るお方ですよ」

笑みを浮かべて教えてくれた番頭は、帳場の中に消えた。

その場に声もなく立ち尽くした丹次が、大きく息を吐いた。

「どうします」

耳元で、庄太に尋ねられて、丹次は迷った。

厳しい顔付きで『布袋屋』にやって来た要三郎は、『鹿嶋屋』の手代、勢助から江戸の様子を聞いたと思われる。

丑松という男が、要三郎を捜していることも聞かされたに違いあるまい。

要三郎がお滝にどんな話をするか、聞いてみたいが、泊まり客が女将の部屋近くをうろつけば、怪しまれることは明白だった。

「兄ィは、部屋に行っててください。おれが、なんとかして、二人の話を聞いて来ますよ」

丹次の思いを察したのか、庄太は、真顔で頷いた。

眼下の甲州街道は、人の数より、牛馬の行き来の方が多いように見えた。

実際は、人の往来の方が多いのだが、荷を運ぶ牛馬がかなり目立つ。

丹次は、『布袋屋』の二階の窓から、飽かず街道を見ていた。

刻限はほどなく五つ半（九時頃）になる頃だった。

『布袋屋』から出た要三郎が、足早に去って行くのが見えた。

すると、ほどなく廊下の障子が開いて、庄太が部屋に滑り込んだ。

「どうだった」

丹次が声をひそめると、上手く行ったというように庄太は頷いた。

「帳場の奥の方に行ったら、例のお初って女中が台所から出て来たとこで、飛脚の『大坂屋』の旦那はどこに行ったかと聞くと、そりゃ女将さんの部屋に決まってるじゃありませんかと言うんですよ」

庄太は、窓辺の丹次の傍に座り込んで話し出した。

女中から女将の部屋の場所を聞き出した庄太は、その隣りにある納戸に潜んだという。

壁に耳を当てると、二人のやり取りが、それとなく聞き取れた。

「昨日、『鹿嶋屋』の勢助さんが、源右衛門さんの使いでこっちに来たんだよ」

要三郎は、お滝の部屋でそう切り出した。

「勢助さんの話だと、おれを捜しに、丑松って若い男が『鹿嶋屋』に現れたらしいんだ。けどな、おれには、そんな名の男に心当たりはない。相手はどうあってもおれの行方を知りたいとしつこいから、源右衛門さんと番頭の弥吾兵衛さんは示し合わせて、帰って行く丑松という男の後を、初音の梅吉のとこの子分に付けさせたようだ。だがそれは相手に気付かれて、かえって不審がられたらしいんだよ」

「何者なのさ」

お滝の声は落ち着いていた。

「おれに貸した金を取り返しに来たと言ってたようだが、丑松って男に金を借りた覚えなんかないよ」

「変じゃないか」

お滝の口ぶりは静かだった。

「変だよ。だから、こうやって慌ててるんだよ。その丑松って男は、『鹿嶋屋』の源右衛門さんにも近づいて、要三郎の行方を聞いただけなのに、どうして破落戸《ごろつき》を使って後を付けさせたんだと、凄んだらしい」

「ほんとに、金を借りた覚えはないのかい。わたしに隠れてこそこそとさぁ」

「ないよ。おれが借りたのは、初音の親分からだけだ」

その直後、動き回っていた要三郎が音を立てて座り込む音がした。

丹次の予想通り、勢助が布田に来たのは、要三郎の行方を追っている〈丑松〉のことを知らせるためだった。

庄太によれば、その後、要三郎とお滝は、もごもごと言い合っていたが、お滝の口ぶりに苛立ちが窺えるようになったという。

「お前が、梅吉なんかに借金したから、『武蔵屋』を売り飛ばす羽目になったんじゃないか」

お滝が、要三郎を責めた。

「店が傾いたから売るしかないと、お前も承知したじゃないか。それを今更なんだ。一刻も早く、旦那の前から消えたいとせっつくから、おれもついつい売り急いでしまったんだよ」

要三郎が発したという言葉が、丹次の胸を刺した。

「お滝の野郎、佐市郎さんのことを、そんな風に思っていやがったんだよ」

庄太の声に怒りが籠もっていた。

その怒りは、丹次にしても同じだった。

今すぐ階段を駆け下りて、お滝の頬を張り飛ばしてやりたかった。

「それで」

怒りを抑えて、丹次が話を続けるよう促すと、

「その後二人は愚痴の言い合いになって、口喧嘩ですよ」

と、庄太は続きを口にした。

二人はお互い、昔話をほじくり出して、文句の言い合いになったという。

それでかえって、『武蔵屋』を売った背景が見えて来たのだと、庄太はほくそ笑んだ。

「要三郎が梅吉から借りた金は、博打でこさえた借金を返すためだったことも分かりました。だが、博打の借金は払ったものの、梅吉への借りは残ったというわけです」

梅吉から借りた金の返済に窮した要三郎は、お滝と相談のうえ、『武蔵屋』を売ることにして、梅吉に持ちかけたという。

だが、持ちかけられた梅吉には、『武蔵屋』を買い取るほどの財力はなかった。

「その時、買うと名乗りを上げたのが、薬種問屋の『鹿嶋屋』だったようです」

さっき、庄太が口にした通り、『武蔵屋』の売られた背景が、少しずつ見えて来た。

丹次の推測では、お滝が『武蔵屋』を売りたがっていると『鹿嶋屋』に洩らしたのは、追分の金蔵だろうと思えた。

『武蔵屋』にどれ位の値がついたかは知らないが、『鹿嶋屋』の財力をもってすれば楽な買い物だったろう。

その『武蔵屋』を転売した『鹿嶋屋』は、金蔵に口利き料を渡したに違いあるまい。

「その後は、二人とも声を低めてやり合ったもんだから、よく聞こえなくなったけど、なんとなく切れ切れに聞こえたことを言うと、お滝と要三郎は、佐市郎さんや『武蔵屋』の奉公人たちの恨みを恐れて、江戸から離れることにしたようです」

「だが、なんでまた布田にしたんだ」

丹次には、そのことが不可解だった。

「布田行きを勧めたのは、どうやら梅吉らしいです」

庄太の言う通りかもしれない。

梅吉の親分である追分の金蔵は、甲州街道の府中まで勢力下にしているというから、お滝と要三郎に、布田で商いをさせることぐらいなんでもなかったのだろう。

「しかし、二人の話を聞いていると、お滝はこっちの暮らしに不満たらたらのようだ」

そう口にして、庄太は、小さく笑い声を上げた。

「内藤新宿ならいざ知らず、布田くんだりには気の利いた料理屋もなく、呉服屋も芝居小屋もねぇというのが、お滝には我慢ならないようです。ここんとこ、二人の喧嘩のもとは、ほとんどがそのことらしいです。梅吉に相談したばっかりに、布田に来る羽目になったとか、今じゃ、『鹿嶋屋』の言いなりになってしまったなんて」

「『鹿嶋屋』の言いなりだと？」

丹次は、庄太が口にした言葉が気になって、問い返した。

「そう言って要三郎を責め立てるお滝の声がしてました」

庄太は、間違いないとでも言うように、頷いた。

丹次には、要三郎とお滝がなぜ『鹿嶋屋』の言いなりになるのか、思い当たる節はなかった。

「要三郎の野郎が、お滝の部屋を出る間際、妙なことを口走りましたよ」

庄太が、声をひそめた。

「今朝早く勢助さんが、おれにこう言うんだよ。お店に現れた丑松というのが、まさか役人ということはないと思うが、あんたの居場所を捜し当てるということもあるから、その時は用心をって、そう言い残して江戸へ帰って行ったんだ。お前、どういうことだと思う」

要三郎は、怯えたような声でお滝に尋ねたというのだ。

だが、お滝からの返事はなかったという。

「『鹿嶋屋』の手代は、なんで兄ィを役人かもしれないと思ったんだ？　用心しろと言ったんだ？」

問いかけられたが、丹次は首を傾《かし》げた。

要三郎や『鹿嶋屋』が、役人に睨まれるようなことをしているということなのだろうか。

「兄ィ、どうします」

「二人の居所も分かったことだし、一旦ここは引き揚げよう」

「いいんで？」

「発つ前に、ここの女将さんには挨拶をして行くつもりだ」

と、口にして、丹次は淡々と身支度を始めた。

これから布田を発てば、日があるうちに江戸へ着ける。

四

部屋で勘定を済ませた丹次と庄太は、番頭の後に続いて階段を下りた。

土間にはお初が立っていて、二人の履物を並べてくれていた。

「それじゃ、少しお待ちを」

番頭は、奥へと向かった。

「発つ前に、女将さんに挨拶をしたいんだが」

丹次は、部屋で金勘定を終えた番頭に、そう申し出た。

「それは恐れ入ります。その旨伝えますんで、下でお待ちを」

番頭からそんな返事を貰って、丹次と庄太は部屋を出たのだった。

上がり框に腰掛けて草鞋の紐を結び終えた時、足音が近づいて来た。

「これはこれは、そちら様からご挨拶とは、恐れ入ります」

お滝は、思ったより愛想がよかった。

「番頭に聞いたら、江戸からお出でだとか」

「ええ」

丹次は頷いた。

「早くに分かっていたら、江戸の話など出来ましたものをねぇ」

お滝は、口元に笑みを浮かべた。

「そちらからそう言っていただけて、助かります」

「え」

お滝の口から、丹次の言葉に戸惑ったような声が洩れた。

「昨夜、嘉平治親分の賭場でお見かけした時は、声を掛けるのを遠慮したもんですから」

「あ、あそこにお出ででしたか」

「えぇ。わたしは、日本橋室町の『武蔵屋』に奉公しておりましたんで、お顔を見てすぐ分かりました。佐市郎旦那のお内儀、お滝さんでしょう」

丹次の言葉に、お滝の顔が見る見る強張った。

「元お内儀と言った方がいいのかもしれませんが、佐市郎旦那が、今どちらにいらっしゃるか、ご存じじゃありませんかねぇ」

「知りませんよ」

お滝が、頭のてっぺんから金切り声を発した。

「なるほど、『武蔵屋』をなんだかひどい目に遭わせて姿をくらましたそうだから、旦那のことなんか、どうでもいいという料簡か」

「あんた、もしかしてあんた、要三郎を捜してるっていう、丑松か！」

そう口にしたお滝の眼が、かっと見開かれた。

「いえ、こちらは甚八さんと仰って」

番頭が口を挟んだが、

「あんたは丑松だねっ！　そうだろう！」

そう決めつけたお滝は、

「番頭さん、要三郎に丑松がいると知らせておいで！」

眼を吊り上げて叫んだ。

「じゃ、またいずれ」

そう声を掛けると、丹次と庄太は急ぎ『布袋屋』を後にした。

そのすぐ後から、お滝の命を受けた番頭が出て来たが、年のせいか、足取りは覚束なかった。

知らせを受けた要三郎が、嘉平治の子分たちに追わせても、丹次たちはかなり先を行っていて、追っ手から逃げ切れる自信はあった。

だが、念のため、街道を逸れて脇道を行くことにした。

脇道から青梅街道に入り、内藤新宿や四谷の大木戸も避けて、市ヶ谷片町から比《び》丘《く》尼《に》坂を下って市ヶ谷御門に着いた。

四つ（十時頃）過ぎに布田を出た丹次と庄太は、昼餉を摂る間を惜しんで二刻半（約五時間）も歩き続けた。

思った通り、追っ手に追いつかれることはなかった。

市ヶ谷御門からお茶の水を経て、湯島聖堂前の昌平坂を下り切った二人は、昌平橋の北詰で足を止めた。

八つ（二時頃）を知らせる時の鐘を聞いてから、半刻（約一時間）ばかり過ぎた頃合いである。

「おめぇは、浅草に戻れ」

足を止めるとすぐ、丹次が口を開いた。

「兄ィは」

「お滝と要三郎を見つけたことを、お杉に話してやんねぇとな」

丹次は笑みを浮かべた。

「それなら、おれも付き合うよ」

庄太が、身を乗り出した。

「おめぇを早く帰さないと、おれがおかねさんに恨まれるだろう」

「いやぁ、あいつとはそういうあれじゃねぇから、恨むなんてことはねぇけどなぁ」

庄太は不満そうに口を尖らせたが、半分は照れ隠しに違いない。

「いいから、このまま帰れ」

菅笠を少し持ち上げた丹次が、強く出た。

て行った。


「へぇ」

庄太は、顎を突き出すようにして頷くと、下谷御成街道の方へくるりと足を向け

昌平橋を南へと渡った丹次は、日本橋へ通じる表通りを、一気に室町一丁目まで突き進んだ。

日本橋の北詰を左へ、魚河岸の方に曲がった。

お杉の住む竈河岸、住吉町は、東へまっすぐ行ったところにある。

もう何度も足を踏み入れた『八兵衛店』の木戸を潜ると、お杉の家の戸口に立った。

「ごめんよ」

戸が開け放たれた家の中からは、なんの返答もない。

そろそろ夕餉の支度に掛かろうかという時分である。

出直すかと、木戸の方に足を向けた時、笊を手にしたお杉が下駄を鳴らしてやって来た。

「表に、油揚げを買いに行ってまして。さ、どうぞ」

お杉は、笊を流しに置くと、土間を上がった。

「今、布田からの帰りなんだよ」

丹次は、框に腰を掛けて、お杉の方に軽く体を回した。

「それで」

お杉が丹次の方に顔を突き出した。

「お滝も要三郎も、やはり布田にいたよ」

丹次の声に眼を丸くしたお杉が、息を呑んだ。

庄太からの文にあった通り、お滝は旅籠を、要三郎は飛脚屋をそれぞれ営んでいることも伝えた。

「あいつら、『武蔵屋』を食い物にした金で、のうのうと生きてましたか」

お杉が、ため息交じりに呟いた。

「これまではのうのうと生きて来たようだが、この先は分からねぇよ」

「それは」

お杉が、嗄《しわが》れた声を出した。

「丑松と名乗ってる男が捜していることを知って、要三郎は慌て始めたようだ。それに、お滝は布田の暮らしに飽き飽きしていて、要三郎ともぎくしゃくしているよ」

丹次は、庄太が立ち聞いた、お滝と要三郎の険悪なやり取りのことを話した。そして、『武蔵屋』の元奉公人だと言ってお滝に会い、佐市郎の行方を尋ねたことも打ち明けた。

「それで」

お杉は身を乗り出した。

「お滝が行方を知ってるとは思えなかった。それどころか、兄貴のことなんか、針の孔《あな》ほども気にしちゃいねぇ」

丹次は、吐き捨てた。

「お滝と要三郎が、今すぐ布田からいなくなることはなさそうだから、二人の始末は、佐市郎兄貴を見つけ出してからのことにするつもりだ」

丹次の言葉に、お杉は黙って頷いた。

六月も半ば近くになっていた。

梅雨明けが間近なのか、このところ雷鳴をよく耳にする。

小川町一橋通にある、丹波亀山藩、松平豊前守《ぶぜんのかみ》家上屋敷の裏門から、菅笠を被った丹次が、荷を積んだ大八車を曳いて出た。

正午まであと一刻ほどの空は、七、八分が雲に占められている。

雨が降るような気配はないが、丹次は少し急いだ。

昨日、日本橋のお杉の家からの帰り、神田下白壁町の口入れ屋『藤金』に立ち寄った丹次は、車曳きの仕事を請け負った。

布田にいた間、たいした出費はなかったし、本所の賭場で稼いだ金もまだ残っていた上に布田の賭場でも二両ほど儲かっていたから、今日明日困ることはないのだが、ぶらぶらしているわけにもいかない。

『藤金』から請け負ったのは、献残屋の仕事だった。

丹次はこれまで、『藤金』の口利きで、日本橋本材木町の献残屋『三増屋』の仕事を何度も請け負っていた。

多い時には、日に三軒のお屋敷を回ることもあった。

松平豊前守家を後にした丹次は、一橋御門に出ると、堀に沿って日本橋の方へと梶棒を向けた。

金座を過ぎ、一石橋《いちこく》に差し掛かったところで、突然、近くで雷鳴が轟《とどろ》いた。

車を止めて見上げた時、

「丑松じゃないか」

野太い男の声がした。

一石橋を渡って来た、北町奉行所の同心、柏木八右衛門が、丹次の前で足を止めた。

「お前さん、湯島の『治作店』を空けていたようだね」

八右衛門に付き従っていた目明しの九蔵から、そんな声が掛かった。

特段、咎《とが》める物言いではなかった。

湯島を通りかかった亥之吉が、何気なく『治作店』に丑松を訪ねると、泊まりがけで出掛けていると、大家に言われたのだと説明した。

「実は、布田に行っておりました」

丹次は、八右衛門に向かって口を開いた。

「ほう。布田の方に、なにか面白いもんでもあったのかい」

八右衛門は笑みを浮かべると、無精髭の伸びた頰を片手で撫でた。

「『武蔵屋』の佐市郎旦那の女房だったお滝と、番頭だった要三郎がおりました」

丹次は淡々と口にした。

それを耳にした途端、頰を撫でていた八右衛門の手が止まった。

丹次は、お滝と要三郎が、布田でなにを生業《なりわい》としているのかも説明した。

「面白いことに、要三郎の飛脚屋に、『鹿嶋屋』の手代で、勢助って男が訪ねて来ました」

「ほう」

そう口にした八右衛門の顔から、笑みは消えていた。

「わたしが『鹿嶋屋』で要三郎の行方を聞いた時、先方は知らないという返事でしたが、それは偽りだったということです。ですが、どうして『鹿嶋屋』は要三郎のことを隠したがるんでございましょう」

丹次は、八右衛門の表情を窺ったが、特に変化はなかった。

「実は、お滝と要三郎が話し合っている声を、隣りの部屋で聞いたんですが」

と、庄太のことは伏せて、丹次は話を進めた。

「江戸から来た手代は要三郎に、こんなことを口にしたそうでございます。『鹿嶋屋』にお前の行方を尋ねに来た丑松という男は、まさか役人ということはあるまいが、用心をしろと言い残して布田を後にしたということですが、柏木様」

「なんだ」

「『鹿嶋屋』には、お役人に目を付けられる弱みのようなものが、あるんでございましょうか」

丹次は、努めて控え目に尋ねた。

「いや。それは知らんな」

さらりと返事をした八右衛門だが、その眼が一瞬、鋭く光ったのを、丹次は見逃さなかった。

「それじゃ、ここでな」

軽く手を上げると、八右衛門は九蔵とともに、北鞘町《きたさやちょう》河岸を日本橋の方へ向かって行った。

『鹿嶋屋』には、なにかある——丹次はそう確信していた。

五

夕刻の湯島切通町一帯は、翳っていた。

六つ（六時頃）を少し過ぎた刻限である。

諸肌《もろはだ》脱ぎの丹次は、桶の水で濡らした手拭いを絞って、首や腋《わき》の下を拭いた。

一石橋で八右衛門たちと別れた後、昼からは、別の大名屋敷に行って、不用になった品々を引き取った。

雲が多く、日中の日射しは強くなかったが、汗はかいた。

「ほほう。今日の丑松殿の仕事は何でした」

『がまの油』の幟を手にした春山武左衛門が、木戸から入って来るなり、機嫌のいい声を発した。

「献残屋の車曳きですよ」

丹次が返事をすると、武左衛門は、

「実は、亀戸の様子が、ちと変でな」

井戸端に近づいて、囁《ささや》くような声を出した。

「変とは、なんでございましょう」

「丑松殿も一度会ったことがあるでしょう、亀戸を縄張りにしている、香具師の長蔵親分ですよ」

武左衛門が口にした長蔵とは、亀戸天神の境内で顔を合わせたことがある。

他所の土地の香具師が、亀戸の縄張りを狙っているのが分かって、長蔵一派は殺気立っているという。

「そうしたら、あろうことか、長蔵親分の子分がそれがしの腕を借りたいなどと申すではありませんか。今は浪人とはいえ、かつてはお家に仕えた武家だから、剣術は身に付けているはずだと言うのですがな」

武左衛門は、眉をひそめた。

「それで、春山さんはなんて」

「断わりましたよ」

武左衛門は、顔をしかめた。そして、

「剣術の心得は全くないと言いましたし、ほれ」

と、腰に差した刀を引き抜いた。

「ご覧の通り、竹光ですから。ね」

にやりと笑った武左衛門は、竹光を鞘に戻した。

「しかし、『がまの油売り』の時は、一枚が二枚と、紙を切るんじゃありませんか」

「あぁ、その時の刀は、朝一番で蝦蟇《がま》の膏《あぶら》を仕入れる時、長蔵親分から借り受ける真剣でして、帰る時には返すことになってます」

武左衛門は、平然と明かした。

「さっきも、売り上げと刀を持って親分の家に寄ったのですが、恐ろしいことを言われましたよ。縄張りを狙ってる奴らが、商売の邪魔をしに押し掛けるかもしれないから、用心してくれなんて」

言い終わると、武左衛門は、あぁあと声に出した。

「春山さん、長蔵親分の子分たちから、両国の梅吉親分や内藤新宿の元締の話を聞くことはありませんか」

「どんな」

武左衛門は、きょとんとして丹次を見た。

「なにか、気掛かりなことを抱えているというようなこととか」

「そちらの方にも、縄張り荒らしが手出しをしていますか」

武左衛門が、声を低めた。

「いや、そうじゃないんですが」

丹次は、手を横に振った。

亀戸の長蔵も両国の梅吉も、内藤新宿の金蔵を元締として仰いでいる、いわば子分である。

『鹿嶋屋』を訪ねて要三郎の行方を探っている〈丑松〉に関して、梅吉や金蔵が、どんな動きをしているのか、しようとしているのか、少しでも知ることが出来ればと思ったのだが、やはり、無駄だった。

丹次は、気が少し逸《はや》っていた。


翌日も、献残屋に頼まれて、車曳きの仕事に掛かった。

午前中、麻布溜池台にある、百人組の頭を務める旗本家から、不用の品々を引き取って、『三増屋』に運び入れた。

そこで昼時となり、丹次は近くの材木河岸にある一膳飯屋に飛び込んで、近隣で働く人足や船乗り連中に交じって、昼餉を摂った。

午後からの品物の引き取りは、浅草御蔵近くにある、三河、岡崎藩、本多中務大輔《なかつかさのたいふ》家の下屋敷だった。

大川沿いにある裏門から入った丹次は、家中の侍たちの運び出す品々を、大八車に山のように積み上げた。

献残屋の手代によると、無役の大名家にも献上物は集まるが、これが、ひとたび役職に就けば、方々から夥《おびただ》しい献上物が届けられるという。

本多家は寺社奉行を務める家柄とあって、午前中の旗本家の品数をはるかに凌《しの》いでいた。

大八車を曳いて本多家を出た丹次は、大川に沿った道を右に曲がり、浅草橋に通じる往還を左へと曲がった。

暫く進むと、額から汗が滴り落ちた。

一町（約百九メートル）ばかり行ったところで足を止め、笠を被ったまま、手拭いで汗を拭った。

見回すと、近隣には多くの人形屋があった。

丹次は、五、六間先の看板に眼を留めた。

店先に掛かった看板に、『人形　祥雲堂《しょううんどう》』とある。

その屋号に、聞き覚えがあった。

丁度、ひと月ほど前のことである。

それも、車曳きの仕事の帰りのことだった。

堀に落ちた男児を、丹次は水の中に飛び込んで助け上げた。

後日、その男児の母親から、お礼の手拭いと草履が届けられた。

その草履を包んでいた紙には、藍一色で刷られた花の図柄があった。

その花は、兄の佐市郎が少年の時分描いていた、忘れ草によく似ていたのだ。

直筆の絵を描いていた佐市郎が、刷り物の絵を描いているとは思えなかったが、どうにも気になって、男児の母親を訪ねてみた。

刷り物の絵をどこで手に入れたのかと尋ねると、

「この紙はたしか、今年の端午の節句に、倅の佐吉《さきち》が、親戚の者から頂いた金太郎の人形を包んでいた紙の一枚だったと思います」

という答えが返って来た。

その時、人形を届けてくれたのは、蔵前の人形屋、『祥雲堂』だったとも母親は口にしたのだ。

荷を積んだ大八車を、出入りの邪魔にならないところに止めると、丹次は笠を取って店の中に入った。

五月人形はとっくに店内から姿を消していたが、陳列の棚には様々な人形が並べられている。

「お出でなさい」

人形のほこりを叩《はた》いていた手代が、丹次に近づいた。

「ちょっと、物を尋ねたいのだが」

丹次が、人形を包む紙のことを聞きたいと、急《せ》いたように口にすると、

「はぁ」

手代は、眼をきょとんとさせた。

貰い物の草履を包んでいた藍一色刷りの絵のことを、丹次は改めて丁寧に説明した。そして、

「わたしに草履を下されたお人は、絵の付いた紙は、蔵前の『祥雲堂』から届いた人形を包んでいたものだということでした。それで、そういう刷り絵の紙がこちらにあるのなら、見せていただきたいし、どこから手に入れたのかをお聞きしたいのです」

と、ことを分けて、思いを伝えた。

「さぁて」

手代は、顔を天井に向けて思案したが、

「そういうものが、ありましたかなぁ」

と、首を捻った。

手代は、近くにいた少し年の行った手代に聞いてくれた。

「岩槻《いわつき》などの人形師からは、運ぶ途中傷がつかないよう、暦やら絵草紙、それに藁《わら》とか反故紙《ほごがみ》で包んだり、そういったものを間に詰めたりして送られて来るんですがね」

年の行った手代から、そんな話が出た。

「その紙を、ここに買いに来たお客さんの人形を包んだり、送り届ける時に使わせてもらうことはありますが、どんな絵があったか、わたしどもは気に留めておりませんからねぇ」

年の行った手代は、苦笑いを浮かべた。

「仁助《にすけ》さん、話を聞いてましたがね」

人形の並んだ棚の陰から、白の紹の着物に白鼠《しろねず》の羽織を着た四十ほどの男が現れた。

「岩城《いわき》屋さん、いらしてたんですか」

仁助と呼ばれた、年の行った手代が、現れた男に腰を折った。

「いつだったか、わたしが『祥雲堂』さんから人形を卸してもらった時、こちらが仰るような、花柄の刷り物で包まれていましたよ」

「ほんとうですか」

丹次は、岩城屋さんと呼ばれた男の方に半歩近づいた。

「こちらは、本郷の小間物屋、岩城屋のご主人でしてね」

手代の仁助が、丹次に告げた。

「その紙は、うちの者がなにかを包んでお客さんに渡したものか、とっくにないのですが、時々ふっと、なにかの折りに思い出してはいたんですよ」

「何の花の絵だったか、お分かりで」

丹次は、岩城屋を見詰めた。

「いやぁ、花の名までは分かりませんな。ただ、藍色だけでしたが、なんとも清々しいというのか、可憐というのか、一色刷りなのに、様々な色が見えるのですよ」

岩城屋の口ぶりに、丹次は大きく頷いた。

「わたしが覚えている刷り物とよく似た絵を売っている小間物屋がありますから、行ってみたらどうです」

「それは」

その後を言いかけて、丹次は息を詰まらせてしまった。

「やはり、藍一色刷りですが、若い娘さん方に人気のようですよ」

「そこは、なんという小間物屋さんでしょうか」

丹次の声が上ずっていた。

浅草御蔵前の『祥雲堂』を出ると、丹次は日本橋へと車を曳いて行った。

献残屋に着くと、急ぎ荷を下ろし、挨拶もそこそこに、湯島切通町へと向かった。

『治作店』に飛び込むと、家の押入れの行李《こうり》に仕舞っていた忘れ草の刷り物を懐に差し込み、切通の坂道を駆け下りた。

天神石坂下から湯島天神裏門坂通へと急いだ丹次は、下谷御成街道へ曲がり、神田を目指した。

藍一色刷りの絵が置いてある小間物屋は、神田の広小路に近い、神田金沢町一丁目の『桐生屋《きりゆう》』だと、岩城屋の主人が教えてくれた。

町には夕暮れが迫っていた。

通りに面した商家が、戸を閉める時分である。

丹次は急いだ。

広小路の手前の小路を右に曲がった先が、金沢町一丁目である。

掛け行灯に明かりがともされているのは、食べ物屋か居酒屋の類だった。

辺りを歩いた丹次は、『桐生屋』の看板を見つけたが、表の戸は閉まっていた。

ついさっき戸を閉めたのか、留守なのか判断出来ず、閉め切られた戸に耳を当てて、中の様子を窺った。

家の中から、微かに音が聞こえる。

畳を踏む音や、障子を開け閉めする、暮らしの音だった。

「桐生屋さん」

丹次は思い切って声を上げ、閉まった戸を遠慮がちに叩いた。

中からは、何の反応もなかったが、しばらくして、

「どなた様で」

戸の中から、少し嗄れた男の声がした。

「本郷の小間物屋、岩城屋のご主人にこちらを伺って参った者でございます」

戸に口を近づけて、藁にも縋《すが》る思いで丹次は中に呼びかけた。

ほんの少しして、かたりと音を立てて潜り戸が開いた。

中から、白髪交じりの頭を突き出した老爺が丹次に眼を遣ると、

「どうぞ」

と、言ってくれた。

「申し訳ありません」

店の中に入るとすぐ、丹次は深々と頭を下げた。

店の中は畳八畳ほどの広さだったが、棚には様々な品物が整然と並べられていた。土間に近い板張りの端に置かれた手燭《てしよく》が光を放っている。

「わたしは、ここの主の与惣兵衛《よそべえ》ですが、あなた様は岩城屋さんのお知り合いですかな」

「わたしは、湯島切通町に住む丑松という者です」

そう名乗った丹次は、岩城屋の主人から、一色刷りの絵があると聞いて来たのだと、『祥雲堂』での経緯を申し述べた。

「それは、これのことですかな」

板張りの手燭を手に取った与惣兵衛が、土間の隅の、売り物を並べた台の前に立って、指をさした。

台の上には、十数枚ほど重ねられた紙があり、その一番上には、藍一色の花の絵の刷り物があった。

「手に取っていいだろうか」

丹次が小声で尋ねると、

「どうぞ」

与惣兵衛が頷いた。

十数枚の刷り物を、上から順に見て行くと、枝で咲く桜や梅の花、さらには孟宗《もうそう》竹《ちく》や水蓮の絵もあった。

「その絵がなにか」

じっと見入っていた丹次は、与惣兵衛の問いかけに、ふっと我に返った。

そして、懐に入れていた紙を出して、広げた。

丹次が貰った草履を包んでいた、忘れ草の刷り物だった。

「ほほう」

与惣兵衛は手に取ると、眼を近づけたり遠のけたりして、忘れ草の刷り物を確かめた。

「ここにある刷り物の絵と、その忘れ草の絵を比べて、ご主人は、どうご覧になりますか」

「わたしは、同じ人の手によるものだと思いますがね。藍一色だが、どこか温かい。それがいいというので、いつの間にか娘さんたちの評判になったのですよ」

「これを作っているのは、なんという絵描きでしょうか」

逸る思いで、丹次は尋ねた。

「さぁ、そこまでは分からないのですよ」

与惣兵衛は、軽く首を捻った。

「それじゃ、どうやってこの絵が」

「半年前、店に並べてもらえないかと、刷り物を持って来た人がいたんです。そういうことはこれまでにもよくありましてね。芽の出ない絵描きがなんとか世に出たい、金を得たいと、持ち込むのですが、そんな絵の大方は、売り物になりません」

だが、半年前に持ち込まれた刷り物を見た時、与惣兵衛は大いに気に入ったのだと打ち明けた。

それからは、月に一度、出来上がった刷り物を持って岩槻からやって来るのだという。帰りには、前月売れた分のお金を貰って行くのだ。

「その男は、年の頃で言うと、三十代の半ばくらいじゃありませんか」

「いえ。ここに刷り物を持って来るのは、女の人ですが」

与惣兵衛は、思いもしない言葉を口にした。

「年は聞いたことはありませんが、二十五、六の、小春さんというお人です」

その名を聞いて、丹次は声を失った。

小春というのは、丹次が遠島の刑を受けて、八丈島に流された後に『武蔵屋』に雇われた奉公人だった。

眼の弱くなった佐市郎の身の回りの世話をさせるために、お滝が押し付けた女中だったと、お杉から聞いていた。

人手に渡る最後の最後まで『武蔵屋』に奉公していた小春なら、佐市郎の行先を知っているのではないかと、その行方を辿っていた女中の名である。

「その小春さんに会いたいのですが、どうしたらいいでしょうね」

縋る思いで、与惣兵衛に問いかけた。

「あなたは、小春さんとはどういう」

「いえ、この刷り物を描いている人が、もしかしたら、長年会えなかった、わたしの知り合いじゃないかと思って訪ねて来たんでございます」

丹次は打ち明けた。

「生憎、岩槻のどこに住んでいるのかは知りませんが、小春さんは、月に一度江戸に出て来ますから、その時、会うしか手はありませんね」

「今度は、いつ頃、江戸に」

息を詰めていた丹次の声は、掠《かす》れた。

そうですなぁと、天を仰いだ与惣兵衛は、

「前来たのが、たしか、端午の節句の後、月の中ほどぐらいでしたから、もうそろそろ来てもよさそうな時分ですがなぁ」

のどかな口ぶりで答えた。

「今度、その小春さんが来たら、会いたいと伝えてもらえませんか。その人が、わたしの捜している人の行方を知っているかもしれないものですから」

必死の思いで、丹次は頭を下げた。

「分かりました」

そう言うと、与惣兵衛は帳場に上がって、古紙と矢立を用意した。

「これに、あなたのお名とお住まいを書いておいてもらえば、小春さんにお渡ししますよ」

与惣兵衛は、板張りに紙と矢立を置いた。

矢立の筆を取りながら、丹次は迷った。

丹次と記せば、もしかしたら佐市郎の弟だと、小春は気付くかもしれない。

だが、遠島の刑を受けたことを耳にしているとすれば、江戸にいるということに不審を抱き、役人に知らせるということも考えられなくはない。

『湯島切通町　治作店　丑松』

迷った末に、丹次は、そう記した。

第四話　居酒屋の女

一

日の出が近い湯島切通町の『治作店』に、鳥の声が届いていた。

不忍池にいついている水鳥たちの声が、時にはうるさいぐらい響き渡る。

暗いうちから飯を炊いた丹次は、昨日買っておいた漬物と目刺しで朝餉を摂ると、早々に『治作店』を後にした。

今日は、亀戸に仏具を運ぶ仕事を請け負っていて、浅草の仏具屋に行くのは五つ（八時頃）と決められていた。

湯島からは四半刻（約三十分）もあれば行けるのだが、浅草に行く前に立ち寄りたいところがあった。

お杉の住む、日本橋、住吉町の『八兵衛店』の木戸を潜ると、

「こりゃ、丑松さん」

表へ向かっていたお杉の亭主、徳太郎が、木戸で足を止めた。

「これからかい」

「へぇ、さようで」

町々を歩いて鋸の目立てをする徳太郎は、いつもの道具袋を担いでいる。

「しかし、お早いですな」

「仕事の前に、お杉に話したいことがあったんだよ」

「家におりますんで、ごゆっくり」

小さく会釈をして、徳太郎は木戸を潜り、表通りの方へと向かって行った。

丹次は、二棟の五軒長屋が向かい合う路地を、奥の方へと進んだ。

左の棟の一番奥が、徳太郎とお杉夫婦が暮らす家である。

「おれだが」

戸口に立って、開けっ放しの家の中に声を掛けると、

「うちのと話しているのが聞こえてました。どうぞ」

　土間の流しに立っていたお杉が、前掛けで手を拭きながら戸口に顔を出した。

　丹次は、草履を脱いで土間から上がった。

「朝餉は」

「済ませて来たから、なにも構ってくれなくていいよ」

　屈託なく返事をした。

　五つには浅草に行かなければならない用のある丹次は、のんびりとはしていられない。

「わたしに話したいことがあるなんて、声が聞こえましたけど」

　丹次の向かいに膝を揃えたお杉が、不安そうな眼を向けた。

「『武蔵屋』が人手に渡る一年くらい前から奉公していた、小春って女中の話をしたことがあったろう」

「ええ」

　お杉は頷いた。

「その小春と思える女に、もしかしたら辿り着けるかもしれないんだよ」

丹次は、努めて淡々と口にして、懐に忍ばせていた紙を取り出した。

四つに折った紙を広げ、藍一色で刷られた忘れ草の花の絵を見せた。

「先月も見せてもらったもんですね。もしかしたら、佐市郎旦那が描いた絵じゃないかと言ってらした」

「そうだよ」

丹次は、頷いた。

そして、忘れ草の絵が刷られた紙で人形を包んだ、浅草橋近くの人形屋『祥雲堂』で昨日、絵の出所を尋ねたことを話した。

そこの奉公人から得るものはなかったが、『祥雲堂』の顧客と思われる小間物屋の主人が居合わせ、藍一色刷りの絵を置いている同業の店が、神田にあると教えてくれた。

昨日の夕刻、仕事を終えた丹次は、神田金沢町の小間物屋『桐生屋』に駆け付けた。

その店内に、藍色で刷られた花や草木の絵があった。

「『桐生屋』の主の話だと、その絵を岩槻から持って来るのは、小春という女なんだよ」

「岩槻というと」

お杉は首を傾げた。

「千住から日光街道を北に行った、武州の、蕨《わらび》や鳩《はと》ケ谷《や》の先の方だよ」

土地の名を聞いても、お杉はきょとんとしている。それには構わず、

「その小春という女は、月に一度、売り上げの金を受け取り旁《かたがた》、刷り上がった絵を持って来るというんだ。だから、今度その女の人が来た時は、会いたいと伝えてくれと、湯島の住まいと丑松の名を紙に書いて置いて来たんだ」

丹次は仔細《しさい》を口にした。

「だけど、丑松という知らない名じゃ、向こうは怪しみませんかねぇ」

お杉の心配はもっともだった。

だが、丹次と記すことにも迷いがあった。

「それでもおれを訪ねてくれさえすれば、兄貴の行方が分かるかもしれないんだ。

お杉、これは賭けだよ」

お杉は頷いた。そして、

「でも、絵を置きに来るのが小春だとしても、実際、その絵を描いているのが佐市郎旦那かどうか、はっきりしちゃいないんでしょう」

　不安そうな声を洩らした。

「『武蔵屋』が売られた時分、大分眼が弱くなっておいでだったから、それから一年半経ったことを思えば、木を彫ったり、刷ったり、そんなことがお出来になるのかどうか」

　お杉は、膝に置いている握りしめた両手に眼を落とし、ため息を洩らした。

　佐市郎の友人である、絵師の大原梅月を訪ねて、忘れ草の絵を見せたことがあった。

　その時、丑松と名乗った丹次は、佐市郎の作と思うかどうかを問いかけた。

　梅月は、なんとも言えないと答え、さらに、お杉が口にした不審にも触れた。

　つまり、眼を悪くしている佐市郎に、彫刻刀が駆使出来るのか。彩色を施し、刷れるのかということだった。

「けどな、もし、誰かが傍にいて、佐市郎の眼の代わりをしてくれるようなら、刷り絵も出来なくはないって、大原梅月さんはそうも言っていたんだ。どうだ、お杉、その小春という人は、そんな心根を持った女かい」

そう問いかけて、丹次はお杉の返答を待った。

思案するように首を傾げたお杉が、小さく唸って天井を向いた。

表通りの方から、歯磨き売りの声がして、やがて遠のいた。

「あの時分の小春は、細かい気働きをする女中でしたねぇ。何というか、生きる筋目ってものを、心得ているようなところがありましたよ」

戸口の外に眼を向けたお杉が、しみじみと口にした。

だが、すぐに、

「だけど、時が経てば、人はいろいろ変わりますから、何ともねぇ」

と、苦笑いを浮かべた。

浅草広小路を東に向かうと、大川に架かる大川橋がある。

浅草と、対岸の中之郷《なかのごう》を繋ぐ、長さ七十六間（約百四十メートル）の橋である。

仏壇を積んだ大八車を曳いた丹次は、丸みを帯びた橋の真ん中に差し掛かっていた。

真ん中を越えれば、対岸まで緩やかな下りになる。

お杉の家に立ち寄って、半刻ばかり話し込んだ後、丹次は両国橋の西広小路を横切って、五つの鐘が鳴る前に、浅草新寺町の仏具屋に着いた。

仏具屋の前には、既に荷の積まれた大八車が置いてあった。

亀戸の届け先を番頭から聞いて、丹次は大八車を曳いて大川橋に向かったのだ。

届け先は、亀戸天神に近い亀戸村の庄屋である。

大川橋を渡った丹次は、業平橋《なりひら》から横川を南に向かうことにした。

何度も足を運んだことのある亀戸への道に、迷うことはなかった。

『臥竜梅《がりようばい》』と呼ばれる梅の木で有名な梅屋敷の南側に、庄屋の家はあった。

大八車を曳いて庭に入ると、家の者や近所の百姓たち五人が出て来て、仏壇を縁側から座敷へと運び入れた。

丹次の仕事は、四つ半（十一時頃）に終わった。

大八車を曳いて庄屋の家を後にした丹次は、さっき素通りした亀戸天満宮門前で足を止めた。

天神社の境内で『がまの油売り』をしている春山武左衛門の働きぶりを見てから、

昼餉を摂ることにした。

境内にもその外にも、料理屋や茶店が軒を連ねている。亀戸は蜆汁《しじみじる》が名物である。

以前、日本橋から茶碗などを届けた料理屋に立ち寄って、大八車を裏口に止めさせてもらいたいと断わると、丹次は境内に足を踏み入れた。

梅は当然のことながら、藤の時季も過ぎていたが、境内にはかなりの人出があった。

江戸からは遠隔の地だが、周りには水路が張り巡らされていて、天神社の境内の傍に船を着けることが出来るので、老人や婦女子の姿もかなり見受けられる。

太鼓橋の架かった池の畔を社殿の方へ向かっていると、聞き覚えのある声が耳に届いた。

多くの露店が店を張る一角で、三尺の台に蝦蟇《がま》を入れた籠と、蝦蟇の膏《あぶら》を並べた武左衛門が、『がまの油売り』の口上を朗々と述べている最中だった。

丹次は、武左衛門に気付かれないよう、人垣の後ろから様子を眺めた。

突然、物が倒れる音がして、

「なにをするんだ」

「うるせッ」

男同士の怒声が飛び交い、同時に女の悲鳴も境内に響き渡った。

見るからにならず者と思われる五人の男たちが、凄んだ声をまき散らしながら露店の小屋や、品を並べた棚を手当たり次第に叩き壊し、莚《むしろ》に並べた瀬戸物などを蹴飛ばしている姿が丹次の眼に飛び込んだ。

怒声と泣き声が入り交じり、境内が俄《にわか》に騒然となった。

五人のならず者たちは、辺りを威嚇しながらやって来て、『がまの油売り』の人垣を蹴散らすと、蝦蟇の膏の載った台を蹴飛ばした。

「おい、浪人、その刀はなまくらか」

口上の途中だった武左衛門は、ならず者たちに凄まれると、刀を振り上げた姿勢のまま、凍り付いた。

ならず者に駆け寄った丹次は、素早く襟首を掴むと、二人続けて引き倒した。

「てめぇ、なにしやがる」

ならず者の一人が凄み、倒れていた男二人も急ぎ起き上がって加わり、匕首を抜いた五人が丹次に襲い掛かった。

体を左右に動かして襲撃を躱《かわ》した丹次は、一人の男の腕を取って匕首を奪い取ると、ならず者たちを相手に身構えた。

「てめぇ」

叫んだ一人が、匕首を腰だめにして突っ込んで来ると、体を躱した丹次は足を伸ばした。

その足に躓《つまず》いた男は、地面に腹から倒れて砂煙を上げた。

その腹を丹次が蹴ると、唸り声を上げて背を丸めた。

次々に襲い掛かって来た四人のうち、一人の腕を匕首で裂き、もう一人の男の太腿を一突きすると、他の二人は動きを止め、怯えたように丹次を見た。

「どけどけどけっ」

大声がして、七、八人ほどの男たちが、裾を翻して駆け付けて来るのが見えた。

すると、露店の者たちを混乱に陥れた男たちは、一斉に駆け去った。

丹次は、太腿を刺されて立てず、地面を這うようにして逃げようとしている男の帯を摑んで持ち上げた。

「こいつの仲間が、おれたちの小屋や品物を壊しやがったんですよ」

露店を壊された男が、丹次に帯を摑まれた男を指さした。

駆け付けた男どもは、おそらく亀戸の香具師の親分、長蔵の身内だろう。

帯を摑んだ男を長蔵の身内に引き渡した丹次は、依然、同じ姿勢で凍り付いていた武左衛門の、刀を摑んで振り上げたままの右腕を、ゆっくりと下ろしてやった。

二

亀戸天神の正式な名称は、亀戸宰府天満宮という。

その西側を南北に流れる十間川《じっけん》は、天神川とも称されていた。

天神川の長蔵とも呼ばれる亀戸の香具師の親分、長蔵は、川沿いにある亀戸町に居を構えていた。

天神社での騒動の後、丹次と武左衛門は、子分たちに伴われて長蔵の家に来ていた。

ならず者たちに店や品物を壊されたり、騒ぎの中、手足に怪我を負ったりした露店の者たちも連れて来られ、傷の手当てをしてもらった後、茶のもてなしを受けていた。

「ギエーッ」

と、突然、苦痛に喘ぐ声が上がった。

縁に屈み込んだ長蔵や数人の子分たちの見守る中、丹次に太腿を刺された男は縛られて、庭で痛めつけられていた。

「おめぇ、どこの誰の身内か吐いちまえば、これ以上痛い目に遭わなくても済むんだぜ」

庭に立った長蔵の子分が、縛られた男の太腿に竹の棒を突き立てた。

「言う、言うよ」

縛られた男が、涎《よだれ》を垂らして呻いた。

「女男《めお》の松の助五郎《すけごろう》だ」

喉の奥から声を出すと、縛られたままごろりと倒れた。

「板橋の博徒が、おれの縄張りを荒らしに来やがったかっ」

長蔵が、ばね仕掛けのように立ち上がった。

「以前、板橋の旅籠の薪割りをして食いつないだことがあったのだが、宿場のなんとかという寺の境内に、女男の松と呼ばれる松が植わっていましたぞ」

武左衛門が、丹次に顔を近づけて囁いた。

「女男の松の助五郎をのさばらして、板橋の喜三郎《きさぶろう》はなにをしてやがんだよ」

喚《わめ》き散らした長蔵が、裸足で庭に下りると、転がっていた男の縄を引っ張って起こした。

「おい、女男の松の助五郎が狙ってるのは、おれんとこか。それとも、両国もか」

長蔵は、男の髪の毛を摑んで問いただした。

「知らねぇ」

男の口から洩れたのは、弱々しい声だった。

「富次郎《とみじろう》、平助《へいすけ》」

名を呼ぶと、二人の男が長蔵の前に立った。

「お前ら、こいつを縛ったまま大八車に乗せて、板橋宿に転がして来い」

「へい」

二人の男は、縛られた男の縄を持って、庭から連れ出して行った。

「それと、寛二《かんじ》」

縁に上がった長蔵が見回すと、

「へい」

と、部屋の中にいた子分が、縁に駆け寄った。

「おめぇ、これから初音の梅吉兄ィのとこに行って、女男の松の助五郎に気を付けるよう伝えて来い」

「分かりました」

寛二と呼ばれた子分は、急ぎ玄関の方に向かった。

長蔵は、思い出したように足裏の泥を手で叩《はた》くと、丹次と武左衛門の前にやって来て腰を下ろした。

「あんたとは、以前にも顔を合わせていたね」

長蔵に問いかけられて、

「へぇ。その時は、天神様の境内で」

丹次は静かに口を開いた。

「うちの品物を売ってくれる露店のみんなが言っていたが、あんた、喧嘩が強いらしいな」

「とんでもない」

丹次は、謙遜した。

「聞いたところ車曳きらしいが、どうだい、おれのところに草鞋を脱がねぇか」

長蔵の声に、必死さが窺えた。

「ありがたいことではありますが、わたしは今、人捜しをしている身の上でして」

穏やかな物言いをして、軽く頭を下げた。

その時、まるで相槌《あいづち》を打つように、武左衛門が長蔵に頷いた。

「でもま、いつかその気になったら、いつでも来てくれよ」

長蔵は、丹次の肩を軽く叩いて、腰を上げた。


亀戸からの帰り、両国橋を渡るまでは武左衛門と同道した。

天神社の騒動で、多くの露天商が被害を蒙《こうむ》り、今日の商いを中断した。

武左衛門もやる気をなくし、湯島切通町に帰ることにしたのだ。

八つ（二時頃）を過ぎた頃合いで、見世物や人形芝居の小屋などが建ち並ぶ、両国橋西広小路一帯は賑わっていた。

夕刻ともなれば、酒や食べ物などを売る屋台、水茶屋が明かりをともして益々人が押し掛けて来る。

神田川に架かる浅草橋を蔵前の方に渡ったところで、

「それじゃ、わたしはここで」

丹次は、曳いていた大八車を止めた。

「それでは、それがしは川沿いを」

幟を手にした武左衛門は、律儀に頭を下げて、神田川の北岸を和泉橋の方へと向かった。

丹次は、浅草新寺町の仏具屋に、大八車を返しに行かなければならなかった。

大川の西岸、駒形堂一帯は、灯《ひ》ともし頃であった。

駒形河岸にほど近い駒形町の角にある居酒屋の戸は開けっ放しで、心地よい川風が店内を通り抜けて行く。

煮炊きの煙も通りに流れるので、その匂いで客を呼び込もうという腹積もりがあるのかもしれない。

客が六分ほど上がり込んだ板の間で、丹次と庄太は、酒を注いだぐい飲みに口を付けた。

「今夜は、長屋で一人、夕餉を摂らなきゃならねぇと思ってたとこだったから、兄ィから声が掛かって、ありがたいよ」

笑みを浮かべた庄太が、ぐい飲みを口に運んだ。

先刻、新寺町の仏具屋に大八車を返した丹次は、その足を浅草寺の奥山に向けた。

葭簀張りの水茶屋、『三雲屋』に行って、庄太の居所を尋ねると、

「六軒町の長屋にいるはず」

と、庄太と同居している、茶汲み女のおかねが答えた。

おかねの言う通り、六軒町の長屋に庄太はいて、夕餉の支度なのか、竈《かまど》の火《ひ》熾《おこ》しに四苦八苦していた。

「どうだ、外で」

丹次が居酒屋行きを持ちかけると、庄太は一も二もなく応じたのだった。

頼んだ料理が二品届くと、二人とも箸を取った。

「実は、おめぇに頼みがあるんだ」

丹次は、庄太に酌をしながら切り出した。

「この前、布田の旅籠『布袋屋』で、お滝の前に面を出して、佐市郎や要三郎の名を口にしたろう」

「えぇ」

庄太は頷いた。

「あの時、お滝がおれに、あんたが丑松じゃないのかと喚いたのを覚えているか」

「あぁ」

「宿帳には甚八と書いたが、お滝はそんなもの信じはすめぇ」

丹次の口ぶりは落ち着いていた。

「お滝はあの後、要三郎におれのことを知らせたはずだ。そのことは、いずれ、日本橋の『鹿嶋屋』にも知らされる。警戒していた丑松が、要三郎のいる布田に現れたと知った『鹿嶋屋』がどうするか、両国の香具師、初音の梅吉たちがどう動くか、おめぇにそっと、様子を見てもらいたいんだよ」

『鹿嶋屋』には、丑松と名乗って顔を晒してしまっているから、容易には近づけないのだと、庄太に事情を話した。

「梅吉の方の動きはおれが探ってもいいが、万一、『鹿嶋屋』の番頭や主の源右衛門が居合わせたら、梅吉側に、おれが丑松だと知られる恐れがあってな」

「いいよ、兄ィ。おれが、両方の様子を見るよ」

庄太が、鋭く、きりっと頷いた。

「だが庄太、なにも毎日じゃなくていいんだぜ。時々でいいんだ。様子を見て、妙な動きをするようだったら、付けるなりおれに知らせるなりしてくれ」

丹次の言葉に、庄太は頷いた。

「これは、当分の掛かりだ」

丹次は、庄太の前にそっと一両（約十万円）を押しやった。

「金なら、この前の布田の残りがあるよ」

「それはそれ。これは、今度の頼み賃だ」

丹次がさらに押しやると、こくりと頷いて、庄太は一両を手にした。

黙って手酌をした丹次と庄太は、ぐい飲みを軽くぶつけ合って、口に運んだ。

川風がまた、店内を吹き抜けて行った。

しばらく、梅雨空を眼にしなくなった。

朝からからりと晴れ渡っているところを見ると、梅雨は明けたのではあるまいか。

浅草で庄太と酒を飲んでから二日が経った、六月の十八日である。

日本橋の材木河岸で昼餉を摂った丹次は、大八車を曳いて献残屋『三増屋』を後にした。

間もなく、九つ半（一時頃）という頃合いだった。

朝方、駿河台の旗本家から品物を引き取って来たので、今日、二度目の荷物の引き取りである。

東海道を西に向かった丹次は、外堀に架かる芝口橋を渡ると、大名家の屋敷が建ち並ぶ稲荷小路へと進み、広小路通との四つ辻を左に折れて、愛宕下《あたごした》大名小路を二町（約二百二十メートル）ほど西へ向かったところにあるお屋敷の裏門から、車を曳いて屋敷内に入った。

信濃国、飯沼藩青山家の上屋敷である。

日本橋の『三増屋』から来たと屋敷の侍に告げると、献残屋が来ることは通じていたらしく、お納戸方《なんどかた》らしい侍六、七人が、次々と品物を運び出してくれた。

大八車に積んで、荷が崩れないように布の覆いを掛け、縄で縛るのは丹次の仕事である。

「茶でも飲んで行け」

荷を運んでくれたお納戸方の一人に声を掛けられた丹次は、台所にほど近い供待ちの部屋に通された。

そこは、四畳半くらいの広さの土間で、壁際にぐるりと腰掛けが設《しつら》えられた、戸のない部屋だった。

履物を履いたまま入れるというのが、気楽でよかった。

屋敷の下僕が湯呑を載せたお盆を運んで来て、すぐに出て行った。

屋根もあり、その上、左右に枝を張る大木の葉が茂って日除けとなり、部屋の中は涼やかである。

湯呑を口に運びながら見回すと、壁に幾つか掛けられた弓張提灯に、見たことのある家紋を見つけた。

並び切り竹の家紋を、どこかで見た覚えがある。

「あっ」

思わず、声を出した。

布田五ヶ宿の茶店で茶を飲んでいる時、眼の前の街道を通り過ぎた、大八車の荷を覆っていた布に同じ家紋が染められていた。

供待ち部屋を出た丹次は、奇妙な縁を感じながら、裏門から大八車を曳いて出ると、大名小路へと梶棒を向けた。

大名小路へ出ると同時に、青山家の表門に止まっていた辻駕籠が、駕籠舁《か》き四人に担がれて動き出した。

その駕籠に付き添うお店者を見て、丹次は菅笠を目深にして、顔を隠した。

駕籠に付き添うお店者は、『鹿嶋屋』の手代、勢助だった。

駕籠は急ぐことなく、日本橋の方向へと向かっている。

丹次の曳く大八車は、図らずも駕籠の後ろに続くことになった。

丹次はふと、並び切り竹の紋を、他でも見たことを思い出した。

いつだったか、『鹿嶋屋』の主、源右衛門を付けて、丹次は日本橋浮世小路にある料理屋『清むら』を見張った。

その時、二人の武家が、源右衛門や店の者の見送りを受けたのだが、一人は乗り物に乗り込み、若い武家が徒歩で付き添った。

その付き添った武家が手にしていた提灯に付いていたのも、たしか、丸に並び切り竹の紋だったのだ。

勢助が付き添う駕籠は、芝口橋を渡って、ひたすら日本橋の方へ向かった。

京橋を渡ると、勢助と駕籠は、日本橋の手前、通二丁目の海苔屋の角を右に折れて、通二丁目新道へと入った。

丹次は大八車を止めると、一休みするかのように腰を後ろに反らせたり、首を揉んだりした。

案の定、『鹿嶋屋』の表で止まった駕籠の横で勢助が膝を折り、草履を揃えた。

駕籠から降り立ったのは、主の源右衛門だった。

中から飛び出して来た番頭の弥吾兵衛が、何ごとか気遣わしげに声を掛けたが、源右衛門は厳しい顔つきのままなにも答えず、店の中に消えた。

弥吾兵衛と勢助が店の中に入ったのを見て、丹次は車を曳き、『鹿嶋屋』の前をゆっくりと通り過ぎた。

本材木町の献残屋『三増屋』は、『鹿嶋屋』のある通二丁目新道からほど近いところにある。

飯沼藩青山家から引き取った品物を『三増屋』で下ろした丹次は、湯島へ帰る途中、神田下白壁町の口入れ屋『藤金』に立ち寄った。

先々の仕事の口があるかどうか、確かめておきたかった。

「この三、四日、仕事の口は埋まってしまいましたなぁ」

主の藤兵衛が、開いた帳面から顔を上げた。

「おぉい、誰か、麦湯を二つ持って来ておくれ」

藤兵衛が奥に向かって声を掛けると、

「はぁい」

年の行った女の声が返って来た。

「まぁ、お掛けよ」

藤兵衛に勧められて、丹次は帳場の框に腰を掛けた。

「しかし、このところの丑松さんは、だいぶお働きでしたな。仏具屋、味噌屋の車曳きに、献残屋まで」

「えぇ」

丹次は、苦笑いを浮かべた。

なにも暮らしに困っているわけではないが、稼げる時に稼いでおきたかった。庄太は、暮らしのことはおかねが面倒見ると言っているから心配しないでいいと、そう言っているが、用事を頼んだ時のお礼の金ぐらいは用意しておきたい。

「お待たせしました」

奥から、湯呑二つを載せたお盆を抱えて来たのは、十四、五ほどの娘だった。

帳場の板張りにお盆ごと置くと、娘は奥に引っ込んだ。

「姪ですよ。行儀見習いをさせてくれと頼まれまして。どうぞ遠慮なく」

藤兵衛は、手を差し出して、飲むよう勧めた。

「いただきます」

丹次は麦湯を飲んだ。

「さっき、飯沼藩の上屋敷からの帰り、表門から出た駕籠の後に続く恰好になりましてね」

世間話をするように、丹次は切り出した。

「そうしたら、駕籠は通二丁目新道に入りまして、止まった駕籠からは『鹿嶋屋』の主人が出て来たんですよ」

「『鹿嶋屋』というと」

藤兵衛は、湯呑を口に運びかけた手を止めた。

「通二丁目新道の、薬種問屋の」

丹次が教えると、

「あぁ、はいはい。あの『鹿嶋屋』さんね」

藤兵衛は、大きく頷いて、麦湯を飲んだ。

「同じお屋敷から出て、思いがけなく、この裏の通二丁目新道まで同道することになろうとは」

そこまで口にして、丹次は麦湯を飲んだ。

「だけど、『鹿嶋屋』さんほどの薬種問屋ともなると、お大名家とも繋がりが出来るもんだよ」

藤兵衛がしみじみと口にした。

大名家や旗本家に人足などを斡旋する稼業を続けて来た、口入れ屋ならではの実感に違いなかった。

「諸国には、いろいろな特産品があるでしょう。藺草《いぐさ》やら芋、ぶどう、紅花、漆器と、土地土地の名産があるもんです。『鹿嶋屋』さんが、飯沼藩と結びつくのは当然でしょうな」

藤兵衛は笑みを浮かべた。

「と、いいますと」

「飯沼藩の領国は、信濃国です。薬草の採れる山野がありますから、薬種問屋にすれば、ありがたいお家ですよ。薬草は方々で採れるようですが、西国よりも、甲州、信濃辺りが江戸から近くて、江戸の問屋さんにしたら便利でいいのかもしれないね」

藤兵衛は、ずずずっと麦湯を飲み干した。

なるほど——藤兵衛の話を聞いて、丹次は、ひとりごちた。

三

日が西にだいぶ傾いて、人影も家並みの影も、道に長く伸びている。

馬喰町の通りは、荷を積んだ荷車や、馬子に引かれた馬や牛が行き交っていた。

旅装の連中が、通りの両側に軒を並べる旅人宿に出入りして、宿を探している光景も眼に留まった。

藤兵衛と半刻以上も話し込んだ丹次は、口入れ屋『藤金』を後にすると、一旦、湯島切通町に足を向けたのだが、両国西広小路に近い、橋本町へと行く先を変えた。

先刻、『鹿嶋屋』の主、源右衛門の厳しい表情を、偶然とはいえ目の当たりにした。以前、丹次が直談判に及んだ時は不快感を露わにしただけだったが、さっき、源右衛門が見せた表情には切迫した様子が見て取れた。

丹次は、橋本町四丁目にある、香具師の親分、梅吉の家の様子を見てみようと思い立ったのだ。

馬喰町の通りから北に折れて、初音の馬場近くへと足を進めた時、突然ばたばたと足音を立てて、逃げる男とそれを追う数人の男たちが、四つ辻を突っ切った。

丹次は、咄嗟に男たちの後を追った。

西日を背にして逃げる男の横顔ははっきりしなかったが、庄太に似ていた。

男たちは、逃げる男を追って、初音の馬場の中に突入した。

丹次も入り込むと、逃げ場を失って追い詰められた庄太がいた。

「ちょっと、待ってくれ」

男たちの中に割って入った丹次は、庄太を背にして、男たちと向き合った。

「なんだおめぇは」

そう凄んだのは、顎の尖った細身の男で、何度か見たことのある梅吉の子分の一人だった。

「こいつは、おれの弟分でして」

丹次は、庄太を指して頭を下げた。

「この辺りをぶらぶらしてただけなんだよ。そしたら、言いがかりをつけられて」

背中から庄太の声がした。

「おれたちに声を掛けられて、なんでおめぇ逃げたりしたんだよ。えっ」

細身の男が、さらに追及した。

「兄さん方は、もしかして初音の親分のお身内じゃありませんか」

丹次は丁寧な口を利いた。

「だったらなんだ」

　相撲取りのような体格の男が、細身の男の脇で口を尖らせた。

「そしたら申しますが、この前、亀戸の長蔵親分の縄張りに、板橋の博徒の子分どもが押し掛けたことはご存じだと思いますが」

　丹次が口を開くと、細身の男以下五人が、困惑したように顔を見合わせた。

「それで、初音の親分の方に飛び火しやしまいかと、長蔵親分が心配しまして、わたしらが、様子を見に差し向けられたような次第で」

　言い終わると、丹次は腰を折った。

「そういうことか」

　細身の男がぽつりと洩らすと、庄太は丹次の横に並び、相手側に丁寧に頭を下げた。

「けど、おめぇら、かか、亀戸の親分からは、な、なにも聞いてねぇのか」

　頬に傷のある男が、もどかしそうに声を発した。

「なにもとは」

　丹次が問うと、

「板橋じゃ、おめぇ」

「重助《じゅうすけ》、よせ」

細身の男が、頬に傷のある男を止めた。そして、

「こっちは心配ないと、亀戸の親分にはそう言ってくれ」

細身の男はそう言うと、他の者たちを引き連れて駆け去った。


神田川を川船が行き交い、波が岸辺の石垣にぶつかっている。

日は沈んだが、西の空の雲は、夕日を浴びていた。

川の北岸には、出羽、鶴岡藩酒井家の下屋敷がある。

その表門から近い川岸に、酒井揚場と呼ばれる酒井家専用の船着き場があった。

丹次と庄太は、船着き場の石段に腰掛けて、川面を向いている。

「昨日と今日と、二度、初音の梅吉の家の近くで様子を見たんだよ」

庄太は、そう口を開いた。

昨日、梅吉の家から出て来た子分たちの後を付けると、こそこそとやり取りをしている話の断片が耳に入って来たという。

「梅吉はどうも、『武蔵屋』の元奉公人を捜そうとしているようだ」

庄太の口から、思いがけない言葉が飛び出した。

「丑松を知ってる者を捜し出して、居所を摑もうとしてるらしい」

「けど、それは、無駄骨だな」

丹次は呟いた。

『武蔵屋』の奉公人だったお美津とおたえから話を聞いたのは、亥之吉であり、丹次が丑松と名乗っていることなど、知る由もない。

亥之吉は今、目明しの下っ引きをしているから、梅吉の子分たちは気安くは近づけまい。

事情を知っているお杉なら、梅吉の子分たちに尋ねられても上手くあしらうだろう。

あとは小春だが、岩槻にいることまで探り当てられるとは思えない。

「兄ィ、梅吉には、女がいるよ」

庄太が、少し得意気に口を開いた。

「知ってるよ」

「なぁんだ」

と、庄太は落胆の声を発した。

庄太には、『三六屋』のお七のことを話していなかった。

「けど、なんであんな若いのが、親父みてぇな梅吉とくっつくのかね」

「若いのか」

「二十一、二ってとこだ」

庄太の言う年恰好は、お七とはかけ離れている。

「昨日、梅吉を付けたら、本所の回向院《えこういん》に入って行って、出て来た時は女が一緒なんだ。大方、境内の茶店で待ち合わせしてたんだろうが、二人して、相生町《あいおいちょう》の家に入って行ったよ。そしたらすぐ、家の中から女の怒鳴り声がして、へへへ、梅吉は平謝りしてやがった」

庄太は、思い出し笑いをした。

梅吉には若い女がいる――以前、お七がそんなことを口にしたことを、丹次は思い出した。

「庄太、これから、どこかで夕餉を済ませて帰るか」

丹次が誘うと、

「兄ィ、すまねぇ。水茶屋の仕事を早めに切り上げるおかねと、近所の寺の縁日に行くことになってまして」

照れ笑いを浮かべた庄太は、片手を頭に遣った。

「分かったよ」

丹次も顔を綻ばせると、揚場から腰を上げた。

「じゃ、おれはこっちだから」

北の方を指さすと、庄太は、浅草橋の北詰に向かって歩き出した。

丹次は、神田川北岸を西の方へと足を向けた。

筋違橋《すじかいばし》の北詰を右へ曲がった丹次は、広小路から下谷御成街道に向かいかけた足を、ふと止めた。

三日前に訪ねた小間物屋『桐生屋』は、広小路の先の神田金沢町にある。

その時、『桐生屋』の主人、与惣兵衛から、小春の名を聞いたのだ。

夕刻だが、まだ戸を閉めるような刻限ではあるまい。

丹次は思い切って、御成街道から一本西の小路へと足を進めた。

「ごめんよ」

『桐生屋』に飛び込むと、声を掛けた。

奥から、はいと声がして、

「なにか」

四十代半ばほどの女が店の土間に下りた。

「与惣兵衛さんは、お留守で？」

「えぇ。宅は寄合がありまして、たった今、出たところでございますよ」

与惣兵衛の女房は、すまなそうに小さく頭を下げた。

「お内儀にお尋ねしますが、岩槻の小春さんは、こちらにはまだお見えじゃありませんか」

「あぁ、もうそろそろ見える時分だと、宅は口にしておりましたがねぇ」

女房の口ぶりから、小春が江戸に来た様子はなかった。

それじゃ、と、頭を下げて、丹次は『桐生屋』を後にした。

湯島切通町の『治作店』は、夕日に染まっていた。

明かりをともしていない家の中で、丹次は洗い立ての浴衣を着込んで帯を締めた。

神田金沢町の小間物屋『桐生屋』から戻って来て早々、井戸端で水を被ったのだ。

汗と埃を洗い流してから、湯島天神門前の居酒屋で夕餉を摂るつもりだった。

「丑松さん」

声を掛けたのは、戸口の外に立った、下っ引きの亥之吉だった。

「何ごとだい」

「柏木様が、丑松さんに話しておきたいことがあると仰って、お待ちなんですが」

亥之吉が口にした柏木様というのは、北町奉行所同心の柏木八右衛門のことである。

不気味な気もするが、逃げるわけにはいかない。

「すぐに行くよ」

屈託のない声を装って返事をすると、土間の草履に足を通した。

柳原《やなぎわら》土手と呼ばれている神田川の南岸も夕日に染まっていた。

「ここですよ」

亥之吉が指し示したのは、柳原通に面した居酒屋だった。

まだ、灯の入っていない軒行灯に『松乃屋』と書かれていた。

丹次は、縄暖簾を割って入った亥之吉の後に続いた。

店内には、客たちの声が飛び交っている。

土間に草履を脱いだ丹次は、混み合った店内で客の間を縫って行く亥之吉に続いて、一人飲んでいた八右衛門の前に辿り着いた。

「こんなとこまで呼びつけて、すまねぇな」

そう口にするなり、八右衛門が盃の酒を飲み干した。

「いえ」

と返答した丹次に、亥之吉が徳利を持って勧めた。

「どうも」

丹次は、亥之吉の酌を受けた。

「おれは手酌で」

亥之吉は、丹次の酌をやんわりと断わって、自分で注いだ。

「この後は、銘々勝手に飲むことにするぞ」

八右衛門の提案に、丹次と亥之吉は頷いて、盃を口に運んだ。

八右衛門が頼んでいたらしく、料理の皿が四皿、三人の前に置かれた。

「話をするには、丁度いい騒がしさだ」

周りを見回した八右衛門が、にやりと笑った。

声を低めては、隣りの声も聞こえないほどである。

「『鹿嶋屋』や初音の梅吉と、多少の関わりのあるおめぇだから、教えることにしたんだが――」

八右衛門が、丹次に顔を向けた。

「梅吉の兄貴分に当たる、板橋の香具師の親分、喜三郎が、昨夜、女郎屋で殺されてな」

八右衛門が口にすると、亥之吉が小さく相槌を打った。

二日前、亀戸の長蔵親分の口から飛び出した喜三郎の名を、ここで耳にするとは思いもしなかった。

「襲ったのは、同じ板橋の博徒、女男の松の助五郎だろうということだ」

「あの？」

丹次の口を衝《つ》いて出た。

「なんか、心当たりがあるのか」

八右衛門が不審そうな眼を向けた。

丹次は、亀戸天神で商いをする露店が、女男の松の助五郎の子分たちによって荒らされた現場に居合わせた時のことを打ち明けた。

丹次と同じ『治作店』の住人が香具師の長蔵のところから蝦蟇の膏を仕入れて、亀戸天神の境内で『がまの油売り』をしていることも付け加えた。

「この様子じゃ、内藤新宿の金蔵まで動き出すかもしれねぇ」

八右衛門が、呟くように言った。

追分の金蔵は、梅吉や長蔵、それに板橋の喜三郎たちを束ねる香具師の元締だと聞いている。

八右衛門は、金蔵が仕返しに動くと言っているのだろうか。

「殺されたのは、喜三郎だけじゃないんだよ」

まるで、丹次の思いを察したかのように、八右衛門が口を開いた。

「喜三郎は、医者を女郎屋に連れて行ってたようで、その医者は巻き添えを食って死んだよ。そいつが、薬種問屋『鹿嶋屋』とも親しい、大名家の藩医だというから、ことは込み入ってる」

喜三郎と『鹿嶋屋』、そして、殺された医者がどんなふうに関わっているのか、丹次の頭の中はこんがらがった。

「殺された医者は女遊びが好きで、それも、吉原なんかじゃなく、岡場所や宿場女郎と遊ぶのをお気に召していたらしい。それで、『鹿嶋屋』が気を利かして、板橋の喜三郎や両国の梅吉たちに、医者を引き合わせていたんだと、おれは睨んでる」

八右衛門の話は、静かな店では話せないような中身だったが、近くで飲んでいる男たちの話し声に紛れて消えた。

「藩医というと、どちらの大名家の」

丹次は、恐る恐る尋ねた。

「信濃、飯沼藩の藩医で、浅井啓順」

躊躇《ためら》いもなく、八右衛門は口にした。

丹次が今日、品物を引き取りに行った大名家の名が飛び出した。

「柏木様、薬種問屋と藩医が、こうも親しいというのは、どういうことですかね」

解《げ》せないという顔をして、亥之吉は尋ねた。

「大名家に出入りするような藩医は、値の張る薬をいくらでも買い求めてくれるからだよ」

八右衛門の返答は、明快だった。

「ですが、藩医の言いなりに高い薬を買わされたんじゃ、大名家としちゃ面白くないんじゃありませんかね。他の医者に替えると言われたら、元も子もありませんぜ」

「亥之吉の言うのももっともだ。だがよ、そんなことを言い出して、医者に臍《へそ》を曲げられ、挙句、隠し事を外に洩らされたりするのを恐れるんだよ」

「恐れると言いますと」

亥之吉の問いかけは、丹次の疑問でもあった。

「武家は、大名家に限らず、旗本御家人に至るまで、息を詰めて生きているのよ。お家に不祥事があったり、幕府に睨まれるようなことをしでかすと、お取り潰しの憂き目に遭うからな。そのため、お家の不始末、お屋敷内の騒動などは、決して外に洩れないよう、気を張り詰めて用心しているわけだ」

ところが、藩主の傍にまで近づくことの出来る藩医は、図らずも、お家の秘事を知りうるのだと、八右衛門は続けた。

仕事柄、医者はお屋敷の最深部にまで入り込むことが多い。

江戸屋敷において、藩主をはじめ、その家族の病気や怪我を診なければならない。体調の管理、罹患した時の治療を委ねられている藩医は、診療以外の時にもお屋敷に出入りすることが度々あるという。

お家の慶事や、月見や花見などの行楽にも招かれたりする。

それが度重なれば、望む望まないに拘わらず、藩医には、藩内のこと、屋敷内の出来事が眼に入るし、耳にも届く。

「大名家のお屋敷じゃ、様々なことが持ち上がるもんだ。例えば、嫁入り前の姫様が子を身籠もったりしたら、お家の体面に関わるだろう。屋敷の誰かに手籠めにされた女中が首を吊ったり、井戸に身を投げたりと、人の生き死にに関わることなど、外に洩れてはなるまい。その他に、お世継ぎを誰にするかで藩内が二つに割れ、抗争が起きることもある。その挙句、刃傷沙汰となって、家中の者が斬られて死んだとなると、大事《おおごと》だ。治療に当たった藩医に頼み込んで、病死として幕府に届け出るということもしなきゃならん」

藩医というのは、大名家の存亡に関わるような事案を知ることが多いのだと、八右衛門は言うのだ。

「ということは、薬種問屋は、藩医の口から、大名家の隠し事を聞き出すってことも出来ますね」

亥之吉が、身を乗り出した。そして、

「大名家の弱みを握ったとなると、薬種問屋は、無理難題を押し付けることも出来るって寸法だ」

得心したように、大きく頷いた。

「薬種問屋の無理難題たぁなんだ、亥之吉」

盃を口に近づけた八右衛門が、にやりと笑って亥之吉を見た。

「なにと言われましても、これというもんは思いつきませんが」

亥之吉は困って、頭に手を遣った。

丹次は、『鹿嶋屋』に出入りする大名家が、数家あることを知っていた。

大名家の侍たちに対して、『鹿嶋屋』の源右衛門は慇懃《いんぎん》に接していたが、それは表向きで、裏では案外、見下した貌《かお》を覗かせているのかもしれない。

四

半刻ほどが経っても、居酒屋『松乃屋』は客の話し声に満ちていた。

丹次と八右衛門、それに亥之吉ら三人は、板の間の同じ場所で飲み食いをしていたが、その周りの客の多くは入れ替わっている。

職人たちの姿が減って、近隣の武家屋敷の中間や、根津の岡場所に繰り出そうかというような男連れが、多く見受けられた。

「柏木様は、どうして『鹿嶋屋』に眼を付けておいでなんです」

丹次がさらりと尋ねた。

「おれは、眼を付けてるなんて口にしたことはねぇが」

八右衛門は、丹次に眼を向けることなく、盃の酒を一気に飲み干した。

料理は食べ終えて、三人の前には、酒の肴の干魚と茄子の漬物があるだけだ。

「わたしが、初音の梅吉を家のある橋本町まで付けて行った時、柏木様に声を掛けられたことがございました」

丹次がそう言うと、八右衛門は小さく頷いた。

六月になって四、五日が経った頃のことだった。

「おめぇ、『鹿嶋屋』から番頭と手代を付けたろう」

その時、八右衛門は丹次に、そう問いかけたのだ。

「その時のお言葉から、柏木様も『鹿嶋屋』をどこからか見張っていらしたのではと、思ったのでございます」

丹次が言い終わると、小さく片頬で笑った八右衛門は、なにも言わず盃に酒を注いだ。

それを一気に呷《あお》ると、ふうと息を吐いた。

戸口に近いところから、男たちの笑い声が上がった。

「二年前の秋口だった。日本橋川の北、そうだな、鎧《よろい》ノ渡《わたし》に近い茅場《かやば》河岸に、男の死体が引っ掛かったんだ」

八右衛門の声は、昔の記憶を辿っているのか、淡々としていた。

死体は新しく、顔形も分かった。

日に焼けた顔、筋骨の逞しさから、二十代半ばくらいの駕籠舁きか人足と思われた。

江戸の堀や川、汐入などの水辺には、よく死体が浮かぶ。

男と女の心中もあれば、殺されて海に捨てられた死体が、満ち潮に乗って汐入に流れ着くこともあったし、酒に酔って堀に落ち、溺れ死ぬということも珍しくはなかった。

茅場河岸の死体には、背中と脇腹に、刃物で刺された痕があり、殺されたことは明白だった。

だが、身元に繋がるものはなにもなかったし、どこで殺されたのかも分からなかった。

「そうなると、調べようがないのだが、見つかったのが日の出の後だったのと、死体のあった場所がよかった」

八右衛門は、片手でつるりと頬を撫でた。

日本橋川の一帯には多くの水路が縦横に走り、川の両岸には魚河岸をはじめ、様々な荷を下ろす河岸があって、多くの船乗り、人足、車曳きなどが威勢よく働いている。

「この男を見たことがある」

仕事の途中、通りかかった人足が、朝日の昇った岸辺に横たえられた死体を見て、役人にそう申し出たのだという。

すると、その人足の知り合いだという、他の人足や車曳きも、知っていると言い出した。

人足二人は、賭場で顔見知りになったと言い、車曳きは、小網町の居酒屋で何度か顔を合わせていて、久助《きゆうすけ》と名乗ったことを覚えていた。

「おれは時々、薬種問屋の『鹿嶋屋』に荷を届けに来るんだ」

車曳きは、久助がそんなことを口にしていたことも役人に告げていた。

「それでおれは、『鹿嶋屋』の番頭を呼んで、殺された久助の顔を見せた。番頭だけじゃなく、荷を受け取る手代や小僧にも見せたが、誰も知らねぇと言うんだ。それで、古い馴染みの目明し三人を四谷大木戸に立たせて、甲州街道から江戸に入る車曳きたちに久助の年恰好、人相を話して、身元を調べさせたんだが、容易なことじゃなかった。久助殺しの調べはもう、やめようかと思い始めた時だ」

そこまで話した八右衛門は、にやりと口の端を歪めた。

そして、焼いた片口鰯《かたくちいわし》を摘まみ、齧《かじ》った。

「ある与力に呼びつけられたおれは、調べを打ち切れと言われたんだよ。そのうえ、やんわりと、『鹿嶋屋』には触らない方がいいぞとも囁かれた。そのことがなかったら、おれはとっくにその事件の調べは放り出していたね」

八右衛門は、与力に囁かれたことで、かえって、久助殺しの裏にはなにかあるのではと、そんな思いに駆られたという。

以来、暇な時には『鹿嶋屋』の様子に眼を向けていたのだと口にして、小さく笑みを見せた。

「裏とは、いったい、なんのことでございますか」

亥之吉が、八右衛門を恐る恐る窺った。

「それは、分からねぇな」

八右衛門が、自分の盃に酒を注いだ。

久助殺しの裏に『鹿嶋屋』が絡んでいると、目星をつけているのではないか。

八右衛門の引き締まった横顔を眼にした丹次は、ふと、そう感じていた。

五つ（八時頃）に近い柳原土手は、案外明るかった。

近隣の飲み屋から洩れる明かりや、対岸の神田佐久間町の家並みの明かりが微かに届いている。

居酒屋『松乃屋』を揃って出て来た三人は、風に揺れる柳の木の近くで立ち止まった。

「今夜は、ご馳走になりまして」

丹次が八右衛門に頭を下げると、

「ご馳走様で」

亥之吉も声に出して、腰を折った。

「そうだ」

歩き出そうとした八右衛門が、思い出したように足を止めた。

「亥之吉も丑松も、『武蔵屋』に奉公したことがあると言ってたが、当主の佐市郎に弟がいたことを知ってるか」

八右衛門は、亥之吉と丹次に眼を向けた。

「おれが奉公してた時分は、弟の話なんか出ませんでしたが」

亥之吉は軽く首を捻った。

そのことをなぜ尋ねるのか戸惑ったが、それはほんの一瞬で、

「奉公している時分、その名は耳にしましたが、顔を見たことはありませんでした」

丹次は、淡々と返事をした。

「だろうな。家には寄りつかず、放蕩三昧《ほうとうざんまい》の末に勘当の身の上になったような弟だからな。そのうえ、博打で役人に捕まり、八丈島に島流しだ」

「さようでしたか」

丹次は、少し驚いたような声を洩らした。

「あぁ。それでみんな、そのことにゃ触れなかったんですね」

亥之吉は、得心したように大きく頷くと、

「その弟が、なにか」

声をひそめた。

「御船手組の知り合いから聞いたんだが、丹次という弟は、つい最近、島抜けをし

たそうだ。それから既に四月経つが、生きているのか死んだのかは、知れんということだ」

八右衛門の声音は穏やかだった。

「そりゃ、死んでますね」

亥之吉がはっきりと言い切った。

「ほう、どうしてそう言い切れるんだ」

八右衛門が、亥之吉に顔を向けた。

「たまに足を延ばして、霊岸島の飲み屋に行くんですが、そこに居合わせた水夫《かこ》に聞くと、相模の海や駿河の海は波が逆巻いて、上方と江戸を何度も行き来する船乗りも気が抜けねぇといいます。八丈島から抜け出したとしても、途中で力尽きるか、駿河の海で波に揉まれたり流されたりして、死んでますよ」

亥之吉の推測は、的を射ていた。

「そうかもしれねぇな」

八右衛門は、ぽつりと洩らした。

「そのことをどうして、おれたちに」

亥之吉が、八右衛門に問いかけた。

「丑松、おめぇ、年は幾つだ」

「二十六ですが」

丹次は、訝《いぶか》しげに八右衛門に答えた。

「いや、同じ年恰好のおめぇを見て、友達の佐市郎には丹次って弟がいたのを、ふと思い出しただけだ。それじゃな」

軽く片手を上げた八右衛門は、豊島町《としまちょう》一丁目の小路へ入り、南へと足を向けた。

奉行所の与力や同心の役宅のある、八丁堀の方角だった。

「それじゃ丑松さん、おれはここで」

亥之吉は、『松乃屋』から少し下流の方へと歩み去った。

神田川に架かる新シ橋を北に渡った先に、亥之吉の住まう神田八名川町がある。

丹次は、湯島の方に足を向けかけて、ふと思いとどまった。

五

空には月が出ていて、夜道を歩くのに苦労はなかった。

町には常夜灯もともっているし、遅くまで暖簾を下げた飲み屋もある。

丹次は、八右衛門が入った同じ小路を、浜町堀の方へと向かった。

柳原通の居酒屋では、八右衛門の話に聞き入って、酒どころではなかった。

そのうえ、丹次を呼び出してまで、八右衛門がなぜ内情を晒したのかが不可解だった。

『鹿嶋屋』に近づいた丹次から、なにか聞き出そうとしたと考えられなくもないが、その判断はつきかねた。

まして、別れ際に、島送りになった丹次のことまで持ち出すなど、なにか思惑がありそうな気もするのだ。

そんな、もやもやするものを抱えたままでは、『治作店』に帰っても眠れる気がしなかった。

汐見橋を過ぎ、千鳥橋が近づいたところで、丹次はぱたりと足を止めた。

千鳥橋の袂にともっているはずの居酒屋『三六屋』の軒行灯に、灯が入っていなかった。

閉め切られた戸口の前に立つと、板戸の隙間を通して、中で微かに明かりがともっているのが分かった。

丹次は思い切って、軽く戸を叩く。

コツコツ。

「はい」

中から、お七の低い声がした。

「今夜はもう、店じまいですか」

口を戸に近づけて、問いかけた。

「今、開けます」

お七の声がして、障子戸の開く音がし、次に閂《かんぬき》の外れる音がして、板戸の潜り戸が開いた。

「どうぞ」

中から顔だけ出すと、お七はすぐに引っ込んだ。

丹次は、背中を丸めて潜り戸から店内に入った。

すぐに、ぷんと煙草が臭った。

「誰か入るといけませんから」

独り言のような口ぶりで、お七は板戸に閂を掛けた。

「今夜は、店は開けてないんですよ」

「そりゃ、悪いことしたね。それじゃまたにしますよ」

戸口に向かいかけると、

「ろくな肴は作れませんが、それでよければ、どうぞ」

お七は、手で板の間を指した。

「それじゃ、お言葉に甘えまして」

丹次は、土間から板の間に上がった。

「少しお待ちを」

お七は、土間の奥の板場に入った。

「煙草、おやりになるんでしたら、どうぞ」

板場から、お七の声がした。

「おれは、煙草は喫《の》みませんので」

丹次の返事には、なにも返って来なかった。

板の間には煙草盆があり、その周りには、片口に半分ほどの酒と、湯呑がひとつ、小皿には、食べかけのするめが載っている。

ほどなく、通徳利《かよいとつくり》とぐい飲み、大根の漬物の皿を載せたお盆を手にお七が板の間に上がり、丹次の向かいに横座りした。

「たしか、好き勝手に注いで飲むのが、流儀でしたね」

「その方が、気楽ですから」

「じゃ、そうしましょう。丑松さんは、徳利の方から」

お七は、片口に残っていた酒を、自分の湯呑に注いだ。

丹次は、通徳利の酒をぐい飲みに注いだ。

何気なく湯呑とぐい飲みを掲げて、二人は口に運んだ。

店内も、店の外も、静かだった。

「この前」

そう口を開いた丹次は、後の言葉に迷った。

「え」

お七が、口に運びかけた湯呑を止めた。

「初音の梅吉親分の子分たちが、丑松という男を捜していると、ここで話をしていたのを、お七さんも聞いていましたね」

「えぇ」

「なのに、どうして、丑松はこの男だと、教えなかったんだね」

丹次が問いかけると、

「ん」

お七は曖昧な音を洩らして、暗い天井をふっと見上げた。そして、

「あんたには、なにか、込み入った事情があるんだろうなと思ったから」

そう言うと、くいと酒を呷った。

「よかったのかね。旦那に知れたら、ことだよ」

「梅吉のこと？」

「旦那を、ここで見かけたことがありますよ」

「でも、もういいのさ。知られたって、ううん、多分もう、知られることはないと思うし」

お七の声に、喜怒哀楽の感情は窺えなかった。

淡々と、まるで他人事《ひとごと》のような物言いだった。

「梅吉が昨日ここに来てさ、お前とは、これぎりだと言ったんですよ。その代わりこの店はお前にやるって」

頬に小さく笑みを浮かべると、お七は片口を傾けて酒を注いだ。

丹次には、返答の仕様がなかった。

「なんでも、縄張りを狙ってる博徒に気を付けなくちゃならないから、腰が落ち着かないし、お前にとばっちりがかかる心配もあるから、縁を切った方がいいんだなんて言ってましたけど、嘘ですよ」

お七は、湯呑を持ったまま、丹次に笑いかけた。

「どうせ、本所の若い女一本に絞るつもりになったに違いありませんのさ」

ふふと笑ったお七は、喉を鳴らして酒を飲んだ。

「それはもう、こっちにはどうでもいいことだが、この店をどうしようかというのが、思案の種でね」

店内を見回したお七が、酒の滴った唇の端を手の甲で拭った。

「思案といいますと」

「続けるか、やめちまうか」

お七は、丹次を見て声もなく笑った。

店の表の方から、三味線の爪弾きが忍び込んだ。

「最近、このひと月ばかり、時々流して行くんだよ」

そう言って、お七は耳を澄ました。

新内流しは、三味線を抱えて花街などを歩く。

料理屋の客から声が掛かれば、道端に立って、二階のお座敷に向けて新内節を弾き語りする。

三味線の爪弾きが、ゆっくりと遠のいて行った。

「あんた、初めてここに来た時、誰かに追われてたんだよね」

「えぇ」

丹次は、頷いた。

「なにかから逃げてる人って、わたし、分かるんだよ。だって、わたしも昔、逃げたことがあるからさぁ」

どれくらい酒を飲んだか知らないが、お七の声が少し緩慢になったような気がする。

「生まれは、武州の飯能《はんのう》」

「行ったことはないが、名は知ってますよ」

丹次は、お七に話を合わせたわけではなかった。

親に勘当された時分、放蕩仲間の中に、飯能から出て来たという暴れ者がいた記憶があった。

「三つ下の弟と、五つ下の妹がいて、わたしは長女」

お七は、煙管《キセル》に煙草の葉を詰め始めた。

家は貧しい百姓で、八つになるとすぐ、他所《よそ》の家の子守に行かされ、わずかな駄賃を得て、親に渡した。

十二になると、同じ飯能の蚕屋に住み込みをさせられ、糸つむぎに明け暮れる毎日を送ったという。

「十五の時、蚕屋の倅に近くの鎮守に呼び出されたら、なんのことはない。そこで乱暴に引き倒されて、女にさせられてしまった。そしたら、その倅はどうも、他の女たちにも同じようなことをしていたことが分かったんだ。中には、倅の友達に、長いことおもちゃにされ続けていた女もいた。その子はとうとう、裏山で首を吊って死んだけどね」

だが、蚕屋の主も倅も、働き手が一人減ったという文句ばかりを口にし、死んだ女を悼《いた》むことは一切なかった。

そんなことがあって、お七は、朋輩《ほうばい》二人とともに、冬の夜、着の身着のままで飯能の蚕屋から逃亡した。

真っ暗な山間《やまあい》を必死に逃げ、しばらくして振り向くと、闇の彼方で蚕屋から炎が上がっていた。

一緒に逃げた女の一人が、出がけに火を付けたと白状した。

「おさとちゃんの供養だね」

別の一人が、首を吊って死んだ女の名を口にすると、お七たち三人は、涙を流して、ただただ、燃え盛る蚕屋を睨みつけた。

「そこから、一晩歩き詰めに歩いて、入間《いるま》に着いたんだ。そこまで一緒に逃げた他の二人とは、そこで別れたよ。その子たちは、在所に戻るって言ったけど、わたしはそんなつもりはなかった。生まれた家に戻れば、待っているのは貧乏だもの」

お七は、入間から江戸を目指したという。

途中、食べるために、体を売った。

そんなことをしながら、七日掛けて、内藤新宿に辿り着いたのだ。

お七はそこで、安宿の飯盛り女になった。

時には、宿の客の相手をさせられた。

二年ばかりして、五十に近い質屋の主に望まれて、下谷に移り住み、囲われ女となった。

「そりゃあね。着るものにも食べるものにも困ることはなくなったけど、それが、幸せだったかというと、そうでもなかったね。なんか、どこかしら、胸の中にいつも隙間風が吹いてるようでね。そしたら、一年もしないうちに、質屋の客と揉めて、旦那は刺されて死んだんですよ」

旦那の家族に下谷の家から追い出され、お七は仕方なく、両国の飲み屋に住み込んでお運び女となった。

「そこで一年もお運びをしていると、すっかり擦《す》れてしまって、少々のことには動じなくなりました。土地の暴れ者相手に怒鳴りつけることもありました」

そんなお七を見て、初音の梅吉が惚れ込み、声を掛けて来た。

梅吉は、情婦になったお七のために、千鳥橋に飲み屋を持たせた。

それが、『三六屋』である。

お七が、二十三の頃だった。

「それから四年」

ぽつりと呟いたお七の体が、がくりと崩れかけて、留まった。

かなりの酒を飲んでいるようだ。

「もう、酒はよした方がよかぁありませんか」

そう声を掛けたが、

「でもね、ずっと落ち着かないんですよ。今でも、飯能から逃げ続けているような気がして、落ち着かないんだ」

お七は、丹次の声には反応せず、そう呟いた。

「わたしは、そろそろ」

残っていた酒を飲み干すと、ぐい飲みをお盆に置いた。

「このまま、泊まって行ってもいいんだよ」

「いえ。かえって、迷惑をかけることにもなりますんで」

その言葉に、お七がふっと丹次を見た。

「わたしは、追われている身の上でして」

丹次は、躊躇いもなく、すっと口にした。

「あんた、なにから逃げてるんだい」

お七の問いかけに、丹次は迷った。

「ま、いいけどさ」

小さく笑ったお七が、徳利に手を伸ばした。

「お七さん、これを」

丹次はいきなり、諸肌を脱いで、背中を見せた。

「これは」

と言いかけて息を呑んだお七は、

「なんの傷なんだい」

と、呟いた。

「波に流されたり、岩場にぶつかったり揉まれたりして出来た傷です」

「あんた、船乗りだったのかい」

「島抜けです」

少し声を低めた丹次は、両手を袖に通した。

按摩《あんま》の吹く笛の音が近づいて、やがて、遠のいて行った。

「わたしは、誰にも言いやしないから、安心おし」

お七の声は落ち着いていた。

丹次は、土間の履物に足を通した。

「もし、逃げ場がなくなったら、いつでもここにお出でよ」

お七が、酒を注ぎながら声を掛けた。

「ご馳走になりました」

丹次は、頭を下げて戸口の潜り戸から、黒々とした表へと出た。

夜は明けたものの、空には雲がかかっていた。

上野東叡山から、六つ（六時頃）を知らせる時の鐘が届いたのは、ほんの少し前だった。

六つの鐘が鳴り終わってから、丹次は井戸端に来て、顔を洗った。

丹次にしては、遅い目覚めだった。

『三六屋』で酒を飲んで、昨夜、『治作店』に帰り着いたのは、四つ（十時頃）に近い頃合いだったが、今朝の目覚めはよかった。

「おはようござる」

『がまの油』の幟を手にした武左衛門が、井戸端を通りかかって、足を止めた。

「昨日の夕刻、丑松殿を訪ねて妙齢のおなごが参られたが」

「妙齢というと」

「二十五、六というところでしょうか」

「春山さん、その女の名は」

丹次が、思わず語気を強めた。

「たしか、小春と名乗られたが」

「なにか、言付けは」

「明日、ということは、今日ということになるが、岩槻に戻るとかで」

武左衛門の言葉をそこまで聞いて、丹次は『治作店』を飛び出した。

切通の坂道を転がるように駆け下りた丹次は、神田金沢町の小間物屋『桐生屋』へと急いだ。


六つを過ぎた神田仲町の広小路一帯は、人や車の往来が多かった。

湯島から駆け通しで来た丹次は、金沢町一丁目へと曲がった。

小間物屋『桐生屋』の戸は開いていて、主の与惣兵衛が、手桶の水を表に撒《ま》いていた。

「与惣兵衛さん」

声を掛けると、与惣兵衛が顔を向けた。

「お、あなた、小春さんには会えましたか」

「それが」

丹次は、昨夕は留守をしていて会えなかったのだと嘆いた。

「今朝、岩槻に帰るということでしたが、もしかしたら、まだ、宿にいるかもしれませんよ」

与惣兵衛の言葉に、丹次は息を呑んだ。

「それで、宿はどこか、ご存じだろうか」

丹次は、気負い込んで尋ねた。

「小春さんはいつも、上野仁王門前町の『佐野屋』という旅籠に泊まって」

「ありがとうございました」

与惣兵衛の言葉を最後まで聞かずに礼を口にすると、丹次は駆け出した。

仁王門前町は、不忍池から流れる忍川に架かる三橋《みはし》の近くである。

上野広小路を目指して、丹次は下谷御成街道をまっしぐらに駆けた。

家並みのはるか向こうに上野東叡山の五重塔が、朝日を浴びて輝いていた。

この作品は書き下ろしです。

追《お》われもの三　標的《ひょうてき》

金《かね》子《こ》成《なり》人《と》

令和元年6月15日　初版発行

発行人――石原正康
編集人――高部真人
発行所――株式会社幻冬舎
〒151-0051東京都渋谷区千駄ヶ谷4-9-7
電話　03(5411)6222(営業)
03(5411)6211(編集)
振替00120-8-767643
印刷・製本―株式会社　光邦
装丁者――高橋雅之

幻冬舎時代小説文庫

ISBN978-4-344-42874-4　C0193　か-48-3